MATERNIDADE

SHEILA HETI

Maternidade

Tradução
Julia Debasse

1ª *reimpressão*

Copyright © 2018 by Sheila Heti

Grafia atualizada segundo o Acordo Ortográfico da Língua Portuguesa de 1990, que entrou em vigor no Brasil em 2009.

Título original
Motherhood

Capa e arte da capa
Leanne Shapton

Preparação
Ana Lima Cecilio

Revisão
Adriana Bairrada
Renata Lopes Del Nero

Dados Internacionais de Catalogação na Publicação (CIP)
(Câmara Brasileira do Livro, SP, Brasil)

Heti, Sheila
    Maternidade / Sheila Heti ; tradução Julia Debasse — 1ª ed.
— São Paulo : Companhia das Letras, 2019.

    Título original: Motherhood.
    ISBN 978-85-359-3204-1

    1. Ficção canadense 2. Maternidade – Ficção I. Título.

19-23263   CDD-C813

Índice para catálogo sistemático:
1. Ficção : Literatura canadense   C813

Maria Alice Ferreira – Bibliotecária – CRB-8/7964

[2019]
Todos os direitos desta edição reservados à
EDITORA SCHWARCZ S.A.
Rua Bandeira Paulista, 702, cj. 32
04532-002 — São Paulo — SP
Telefone: (11) 3707-3500
www.companhiadasletras.com.br
www.blogdacompanhia.com.br
facebook.com/companhiadasletras
instagram.com/companhiadasletras
twitter.com/cialetras

Nota

Lançar três moedas é uma técnica usada na consulta do *I Ching*, sistema de adivinhação que teve origem na China, há mais de três mil anos. Foi usado por reis em tempos de guerra e por pessoas comuns para solucionar os problemas da vida. Ao lançar três moedas seis vezes, um dos 64 estados é revelado e um texto elabora seu significado. Confúcio, um dos mais importantes intérpretes do *I Ching*, disse que, se pudesse, dedicaria cinquenta anos ao estudo do livro. O texto original do *I Ching* é poético, denso, altamente simbólico e elaboradamente sistemático, profundamente filosófico, cosmológico em sua abrangência, e notoriamente misterioso.

Nas páginas que se seguem, foram utilizadas as três moedas — a técnica inspirada pelo *I Ching*, mas não o próprio *I Ching*, que é algo diferente.

Mais uma nota

Todos os resultados dos lançamentos de moedas lançadas resultam do lançamento de moedas de verdade.

MATERNIDADE

Frequentemente, eu contemplava o mundo de uma boa distância, ou simplesmente não o contemplava. A todo instante, sem que eu percebesse, pássaros sobrevoavam minha cabeça, nuvens e abelhas, o murmúrio das brisas, o sol sobre minha carne. Eu vivia somente no mundo cinzento e insensível da minha mente, no qual eu tentava racionalizar tudo sem chegar a nenhuma conclusão. Eu queria ter tempo para conceber uma visão de mundo, mas nunca havia tempo o bastante e, além disso, as pessoas que tinham esse tempo pareciam tê-lo desde muito jovens, elas não tinham começado aos quarenta. A literatura, eu sabia, era a única coisa que poderia ser começada aos quarenta. Se você tem quarenta anos quando começa, ainda pode ser considerada jovem. Para todas as outras coisas eu era velha, todos os barcos já tinham zarpado, estavam muito longe da praia, enquanto eu ainda tentava chegar à praia, sem saber nem sequer qual era o meu barco. A garota que estava em nossa casa — ela tinha doze anos — me fez, mais do que ninguém, enxergar minhas próprias limitações: minha fragilidade, minha obediência, minhas revoltas mesquinhas; sobretudo minha ignorância e meu sentimentalismo. Quando entrei na sala de estar pela manhã, tinha metade de um cachorro-quente sobre a mesa. Eu disse que era uma banana. Então eu soube que eu era velha demais para este mundo, que ela havia me superado com muita naturalidade, e que continuaria me superando. Minha única esperança era transformar a paisagem cinzenta e turva da minha mente em uma coisa sólida e concreta, totalmente separada de mim, algo que não fosse eu de forma alguma. Eu não sabia o que seria essa forma sólida, nem sequer qual formato ela teria. Eu só sabia que precisava criar um monstro poderoso, já que eu era um monstro tão fraco. Eu tinha que criar um monstro separado de mim, que soubesse mais do que eu, que tivesse uma visão de mundo e que não confundisse palavras tão simples.

Lançando três moedas em uma mesa. Duas ou três caras — sim.
Duas ou três coroas — não.

Este livro é uma boa ideia?
sim
Agora é o momento de começá-lo?
sim
Aqui, em Toronto?
sim
Então não há nada com o que se preocupar?
sim
Sim, não há nada com o que se preocupar?
não
Eu deveria estar preocupada?
sim
Com o que devo me preocupar? Com a minha alma?
sim

A leitura vai fazer bem a minha alma?

sim

Ficar quieta vai fazer bem a minha alma?

sim

Este livro vai ajudar a minha alma?

sim

Então eu estou fazendo tudo certo?

não

Estou conduzindo meus relacionamentos da forma errada?

não

Estou errada ao ignorar o sofrimento dos outros?

não

Estou errada ao ignorar o mundo político?

não

Estou errada ao não ser grata pela vida que tenho?

sim

E todas as coisas que posso fazer com ela porque tenho tempo e recursos?

não

Por ter minha própria identidade?

sim

Já passou o tempo de me preocupar com minha própria identidade?

sim

Este é o momento para começar a pensar sobre a *alma do tempo*?

sim

Tenho tudo de que preciso para começar?

sim

Devo começar no princípio e seguir em frente até o fim?

não

Devo fazer o que eu tiver vontade e depois juntar tudo?

não

Devo começar no princípio, sem saber onde isso vai dar?
sim
Essa conversa é o princípio?
sim
E aqueles rolos de fita colorida que a Erica me deu, ali naquele canto. Devo usá-los de alguma forma?
não
Devo apenas deixá-los ali e ficar olhando para eles?
não
Devo devolvê-los para ela?
não
Devo guardá-los, tirá-los de vista?
sim
Neste armário?
sim.

Vai ser difícil não pensar em mim mesma, mas na *alma do tempo*. Eu tenho pouquíssima prática em pensar na *alma do tempo*, e muita prática em pensar em mim mesma. Mas nada é fácil no começo. A expressão *a alma do tempo* me acompanha desde que Erica e eu viajamos para Nova York na véspera do réveillon, há vários meses. A frase também estava na minha cabeça um pouco antes dessa viagem. Eu me lembro de explicá-la para ela detalhadamente na plataforma do metrô. Estávamos hospedadas no apartamento da Teresa e do Walter, que tinham saído da cidade para visitar a família durante o Natal. Naquela noite eu vomitei, bêbada, na privada deles. Mas isso aconteceu muito mais cedo. Era dia 31 de dezembro?

não

Engraçado, eu não me lembro de estar frio nem de estar de casaco. Era primeiro de janeiro?

não

30 de dezembro?

não

Foi em outra viagem totalmente diferente?

sim

Acho que não. Eu estava explicando *a alma do tempo* para a Erica, sobre como nós somos indivíduos que ou não temos almas, mas vivemos uma espécie de alma coletiva que pertence ao tempo ou *é* o tempo; ou nossas vidas — *nós* — são a alma do tempo. Eu não estava totalmente certa quanto a qual seria a alternativa correta. A ideia estava ainda engatinhando, e ainda hoje continua nesse estágio. Ela ficou muito entusiasmada, enquanto eu encontrava um grande alento na ideia de que minha alma não era propriedade minha — que ou a minha vida era uma expressão da alma do tempo, ou a minha alma era o tempo. Eu não sei se estou sabendo explicar. Estou?

não

Não, não. Espero conseguir entender melhor o que eu quis dizer na plataforma do metrô, e o que tanto entusiasmou a minha querida amiga Erica. Eis meu objetivo declarado, meu plano ou projeto, enquanto escrevo isso — entender o que *a alma do tempo* significa, ou explicar isso para mim mesma. É uma boa premissa para este livro?

não

É limitada demais?

sim

A *alma do tempo* pode ser parte dele?

não

Tenho permissão para te desobedecer?

sim

Então parte deste livro será definitivamente sobre isso. Talvez eu não devesse ter dito que eu queria *explicar para mim mesma*, mas *explicar para outras pessoas*. Melhor assim?

não

Materializar em vez de *explicar*?

sim

Estou com dor de cabeça. E cansada. Não deveria ter tirado aquele cochilo. Mas se eu não tivesse tirado o cochilo, estaria mais mal-humorada ainda, não é?

não.

~

Hoje eu chorei quando o Miles estava saindo de casa. Quando ele perguntou o motivo, eu disse que era porque eu não tinha *nada para fazer*. Ele disse: *Você é uma escritora. Você tem aquele livro do* Bonjour Philippine, *tem aquele livro do* I Ching — *tem aquele livro da Simone Weil. Por que você não trabalha em um desses?* Ele hesitou antes de mencionar o livro da Simone Weil, pois foi ele quem me deu a ideia de escrever sobre as ideias da Simone Weil, e desde que ele disse isso, já há várias semanas, nós dois ficamos constrangidos — por ele ter me sugerido a ideia de um livro. Apesar de ter rejeitado a ideia abertamente, na cara dele, por volta do meio-dia comecei a trabalhar em um livro sobre Simone Weil. Miles me mandou uma mensagem à tarde para saber se eu estava me sentindo melhor e me ligou algumas horas depois para perguntar a mesma coisa. Na verdade, eu é que deveria estar preocupada com ele, e não ele comigo, pois foi ele quem acabou de começar a trabalhar e não tem tempo para estudar, não é?

não

É justo que nós dois estejamos preocupados um com outro?

sim

Eu me boto pra baixo por qualquer coisa.

~

Hoje, por volta do meio-dia, fui dar uma volta de carro com meu pai pelo interior. Eu tentava decidir se passaria três semanas em Nova York em junho. Teresa havia me dito que ela e Walter iriam viajar e que o apartamento deles estaria livre, se eu quisesse ir. Depois de muito debater sobre o que fazer, decidi que escolheria aquilo que me fizesse sentir melhor e mais confortável neste momento, e ficar aqui foi essa escolha. Depois do passeio, vim para casa, tirei um cochilo e acordei com uma sensação boa. Eu me sentei no sofá roxo do quarto e fiquei pensando. Faz tanto tempo que venho adiando começar um livro novo, mas agora que o Miles começou a trabalhar por mais tempo, a escolha se fez presente: sair da rotina, fugir para Nova York e me divertir, ou *ser uma escritora*, como ele diz — como quando ele me lembrou do que eu sou. Eu queria dizer a ele que não sou o tipo de escritora que se senta em um quarto e escreve, mas não fiz isso. Eu lembrei como, no outro dia, ele disse que quando um escritor começa a ter uma *vida interessante*, a escrita sempre sofre. Minha resposta para ele foi: *Você só não quer que eu tenha uma vida interessante!* Será que isso continua a ecoar nas orelhas dele?

sim

Eu o magoei?

sim

Será que um dia ele simplesmente vai se esquecer disso?

não

Devo me desculpar com ele hoje à noite?

sim.

~

Ainda que minha noite com Miles estivesse agradável, eu me desculpei por aquele comentário e disse que não iria para Nova York ficar no apartamento da Teresa e do Walter por três semanas. Ele disse: *Não me identifico com os valores que você adota sempre que volta de Nova York.* Eu o amo. Ele acabou de encher de água o vaso dos lilases que ele comprou para mim na semana passada. Estavam morrendo, os lilases sobre a minha mesa, e eu nem percebi. Agora o caminhão de sorvete está lá fora, tocando a sua canção triste, e estou um pouquinho bêbada do vinho que bebi à tarde. Estou me sentindo bem. Será que realmente importa como estou me sentido?

não

Não, não, eu imaginei que não. Tantos sentimentos em um dia. Claramente não são o leme — ou o oráculo —, a coisa pela qual você deve definir o rumo da sua vida, não são o mapa. Mas essa tentação está sempre lá. O que deve definir o rumo da sua vida? Os seus valores?

sim

Seus planos para o futuro?

não

Seus objetivos artísticos?

não

As coisas de que as pessoas ao seu redor precisam — quer dizer, as coisas de que as pessoas que você ama precisam?

sim

Segurança?

não

Aventura?

não

Qualquer coisa que pareça encher algo de alma, profundidade e amadurecimento?

não

Qualquer coisa que pareça trazer felicidade?

sim

Então os seus valores, a felicidade e as coisas que as pessoas ao seu redor precisam. Essas são as coisas que devem definir o rumo da sua vida.

Minha mãe chorou por quarenta dias e quarenta noites. Desde que a conheço, a conheço como alguém que chora. Eu pensava que, quando crescesse, eu seria um tipo de mulher diferente, que não iria chorar, e que resolveria esse problema do choro dela. Ela nunca pôde me contar qual era o problema, apenas dizia *eu estou cansada*. Será possível que ela estivesse sempre cansada? Eu me perguntava, quando era criança, *será que ela não sabe que é infeliz?* Eu achava que a pior coisa do mundo era ser infeliz sem saber. Conforme fui crescendo, passei a procurar obsessivamente por sinais de infelicidade em mim mesma. Então eu também me tornei infeliz. E cresci cheia de lágrimas.

Durante toda a minha infância, eu sentia que tinha feito algo de errado. Investigava cada gesto meu, cada palavra, a forma como me sentava numa cadeira. O que eu estava fazendo para levá-la a chorar? Uma criança pensa que ela é motivo até da existência das estrelas no céu, então é claro que o choro da minha mãe era culpa minha. Por que eu havia nascido para fazê-la sofrer? E como eu havia causado a dor, eu queria curá-la. Mas eu era pequena demais. Eu não sabia sequer soletrar meu próprio nome. Sabendo tão pouco, como poderia entender uma única parte do sofrimento dela? Continuo sem entender. Nenhuma criança, por vontade própria, pode tirar uma mãe do sofrimento dela e agora, já adulta, estou muito ocupada para isso. Escrever me ocupa muito. Minha mãe sempre diz: *Você é livre*. Talvez eu seja. Eu posso fazer o que eu quiser. Então vou fazê-la parar de chorar. Assim que eu terminar de escrever este livro, nenhuma de nós duas irá chorar de novo.

Este será um livro para evitar as lágrimas futuras — para evitar que eu e minha mãe choremos. Se, depois de lê-lo, minha mãe parar de chorar de vez, poderemos dizer que o livro foi bem-sucedido. Eu sei que não é o trabalho de uma criança impedir que sua mãe chore, mas não sou mais criança. Sou escritora. A transformação pela qual passei, de criança para escritora, me deu poderes — quero dizer que poderes mágicos não estão tão longe assim das minhas capacidades. Se eu for uma escritora boa o bastante, talvez possa fazê-la parar de chorar. Talvez eu consiga entender por que ela está chorando, e por que eu também choro, e minhas palavras possam nos curar.

~

A alma está na atenção? Se der atenção ao sofrimento da minha mãe, isso lhe daria alma? Se eu prestar atenção à sua infelicidade — se eu botá-la em palavras, transformando-a e convertendo-a em algo novo —, eu seria como uma alquimista, transmutando chumbo em ouro? Se eu vender este livro, receberei ouro em troca. É um tipo de alquimia. Os filósofos queriam transformar a matéria escura em ouro, e eu quero transformar a tristeza da minha mãe em ouro. Quando o ouro chegar, irei até a porta da minha mãe e vou entregá-lo a ela e dizer: *Aqui está a sua tristeza transformada em ouro.*

A *alma do tempo* deveria ser o título deste livro?

sim

Ele deveria ter um subtítulo?

não

Ter um título é tranquilizante, seja ele bom ou não. Esse é bom?

não

Não, mas é assim que vai ser?

sim

Suponho que isso não seja tão importante no contexto geral das coisas. É claro, importa muito *para mim* se o título é bom ou ruim, pois, como responsável, serei eu a culpada por ele. O foco estará em mim, e os julgamentos recairão sobre o *meu* mau gosto. Mas, para o mundo, pouco importa se um livro tem um título bom ou ruim — então por que devo me preocupar com isso? Será mesmo que *o livro* precisa ser bom?

não

É porque nunca será publicado, e ninguém o verá, nunca?

sim

Qual é o propósito de escrever algo que ninguém nunca vai ler? Não lembro quem disse que o trabalho de arte não existe sem o público — não basta que ele tenha sido realizado. É errado ter um público em mente quando buscamos criar um trabalho de arte?

sim

Seria o caso de apenas tentar viver uma experiência?

não

Alguém faria isso para um não público que seria Deus?

sim

Para trazer glória para o mundo?

não

Como gratidão por ter recebido a vida?

sim

E por que arte é algo que os seres humanos fazem?

sim

O meu relacionamento será destruído pelas minhas inseguranças?

sim

Há algo que eu possa fazer a respeito?

sim

Vai demorar muito tempo?

sim

Quando eu conseguir superá-las, nosso relacionamento já terá terminado?

sim

E há um lado bom nisso?

sim

Bom para nós dois?

sim

O Miles está fazendo o nosso jantar agora. Ir para a cozinha e ficar lá com ele é mais importante do que escrever isso?

sim

Certo. Já vou.

~

Agora estou sentada na cama, as cigarras cantam lá fora. Miles foi ao mercadinho da esquina. Eu preciso retomar a pergunta que fiz antes do jantar: *Quando eu conseguir superar minhas inseguranças, nosso relacionamento já terá terminado?* Nunca pensei, enquanto fazia a pergunta, que nosso relacionamento já teria terminado quando eu superasse minhas inseguranças, porque nossas inseguranças só são superadas com a morte. Foi isso que você quis dizer? Que eu só irei superar minhas inseguranças com a morte, que nosso amor, nosso relacionamento, irá durar até a minha morte?

sim

Ah, que bom! Me sinto tão bem. Tudo parece mil vezes melhor do que parecia ontem. Estou feliz por não ir para Nova York ficar no apartamento da Teresa e do Walter. Parece muito mais rico, pleno e intenso ficar aqui.

Na noite passada, tive um sonho muito nítido, um sonho louco em que estava com meu filho, que tinha mais ou menos cinco anos. Passei grande parte do sonho olhando fixamente para o rosto dele. Eu sabia que era ele, sabia que era um sonho, e ficava querendo escrever sobre aquilo — que aquilo estava acontecendo; que estava encarando o rosto do meu futuro filho. Ele era claramente meu filho com o Miles. O menino tinha a pele um pouco mais escura que a minha ou a do Miles, e seu rosto era inteligente, sensível. De repente, eu estava chorando e a tristeza fazia as lágrimas correrem pelo meu rosto; o menino estava sentado no parapeito da janela da cozinha, me olhando, e me dei conta de que ele estava sobrecarregado com meus sentimentos de adulto. Compreendi que não deveria jogar sobre ele o peso da minha vida emocional; era um fardo pesado demais. Ele parecia realmente delicado e adorável. Eu o amava, mas ao mesmo tempo sentia que o amor não era como eu imaginei que seria; não se aprofundava até o âmago tanto quanto imaginei, não sei por quê. Eu me senti um pouco distante dele, um pouco alienada. Mas amei olhar para seu rosto, para dentro dos seus olhos. E disse para mim mesma: *Não posso acreditar que estou vendo o rosto do meu futuro filho!* Eu adoraria ter um filho assim. Ele era lindo e bom.

Acordei desse sonho no meio da noite, enojada e horrorizada com a forma como tenho vivido. Uma mulher de quase quarenta, que não ganha tanto quanto deveria, aluga um apartamento infestado de ratos, sem uma poupança, sem filhos, divorciada, ainda morando na cidade em que nasceu. Era como se eu não tivesse *pensado* nos conselhos que meu pai me dera dez anos antes, quando o meu casamento acabou: *Da próxima vez — PENSE.* Percebi que não tinha pensado, apenas continuei permitindo que as ondas da vida me jogassem de um lado para o outro, sem construir nada.

~

Miles já disse que a decisão é minha — ele não quer outro filho além da que já teve, de forma bem acidental quando era jovem, e que vive em outro país com a mãe e passa os feriados e metade do verão conosco. *É sempre um risco,* ele diz. A filha dele é adorável, mas nunca se sabe o que vai vir. Se eu quiser um filho, podemos ter um, ele disse, *mas você precisa ter certeza.*

~

Se eu quero ou não ter filhos é um segredo que escondo de mim mesma — é o maior de todos os segredos que escondo de mim mesma.

O melhor a fazer quando estamos hesitantes é esperar. Mas por quanto tempo? Na próxima semana farei trinta e sete. O tempo para tomar algumas decisões está acabando. Como podemos saber o que será de nós, mulheres hesitantes de trinta e sete anos? Por um lado, a alegria de ter filhos. Por outro, o sofrimento. Por um lado, a liberdade de não ter filhos. Por outro, a falta de nunca tê-los — mas o que temos a perder? O amor, o filho, todos aqueles sentimentos maternais sobre os quais as mães falam de forma tão sedutora, como se uma criança fosse algo a ser tido, não algo a ser feito. O fazer é que parece difícil. O ter parece maravilhoso. Mas não se tem um filho, se faz um. Eu sei que tenho mais do que a maioria das mães. Mas também tenho menos. De certa forma, não tenho nada. Mas eu gosto disso e acho que não quero ter um filho.

Ontem, conversei ao telefone com a Teresa, que tem por volta de cinquenta anos. Eu disse que tinha a impressão de que as outras pessoas, de repente, tinham me ultrapassado muito com seus casamentos, suas casas, seus filhos, suas poupanças. Ela disse que quando uma pessoa se sente desta forma, precisa examinar melhor quais, de fato, são os seus valores. Temos que viver os nossos valores. Muitas vezes as pessoas são guiadas para uma vida convencional — aquela vida que somos bastante pressionados a viver. Mas como pode haver apenas um caminho válido? Ela diz que muitas vezes esse caminho não é bom nem sequer para as muitas pessoas que o seguem. Elas fazem quarenta e cinco, cinquenta anos, e então dão de cara com um muro. *É muito fácil ir flutuando ao sabor da correnteza*, ela disse. *Mas não por muito tempo.*

~

Será que eu quero filhos porque quero ser admirada como o tipo admirável de mulher que tem filhos? Ou porque quero ser vista como uma mulher normal, ou porque eu quero ser uma mulher do melhor tipo, aquela que não tem só o trabalho, mas tem também o desejo e a capacidade de cuidar, tem um corpo que pode produzir bebês e ainda é uma pessoa com quem outra pessoa quer fazer um bebê? Será que quero ter um filho para me apresentar como o tipo (normal) de mulher que quer, e por fim tem, um filho?

O sentimento de não querer filhos é o sentimento de não querer ser a ideia que o outro faz de mim. Pais têm algo muito mais incrível do que qualquer coisa que eu venha a ter, mas eu não quero isso, mesmo que seja incrível, mesmo que eles tenham ganhado, de certa forma, o prêmio ou a recompensa do alívio genético — o alívio de ter procriado; sucesso no sentido biológico que, em alguns dias, parece ser o único sentido que importa. E eles também têm sucesso social.

Há uma espécie de tristeza em não querer as coisas que dão sentido à vida de tantas pessoas. É possível que seja um tanto triste não viver uma história mais universal — o suposto ciclo da vida —, um ciclo que deve fazer vir outro ciclo de vida. Mas e quando nenhum ciclo emerge da sua vida, qual a sensação? Nenhuma. Ainda assim, persiste uma pequena sensação de decepção quando coisas incríveis acontecem na vida dos outros — e você não deseja de fato essas coisas para si.

É tão difícil pensar em fazer arte sem um público. Sei que fazemos arte porque somos humanos, e isso é o que humanos fazem, e fazemos por amor a Deus. Mas será que *Deus* um dia a verá?

não

Porque a arte *é* Deus?

não

Será porque a arte existe na casa de Deus, mas Deus não presta atenção ao que acontece em seu lar?

sim

A arte pode se sentir em casa no mundo?

sim

A arte é uma coisa viva — enquanto está sendo feita, não é? Tão viva quanto qualquer outra coisa que consideramos viva?

sim

Ela é igualmente viva quando está encadernada em um livro ou pendurada na parede?

sim

Então o universo pode livrar a cara de uma mulher que faz livros, mas não faz essas coisas vivas que chamamos de bebês?

sim

Ah, que bom! Às vezes me sinto tão culpada por isso, pensando que é algo que eu *deveria* fazer, porque sempre acho que os animais são mais felizes quando seguem seus instintos. Talvez não sejam mais felizes, mas se sentem mais vivos. Ainda assim, fazer arte faz com que eu me sinta viva e cuidar dos outros não faz eu me sentir tão viva assim. Talvez eu não me enxergue tanto como uma mulher com essa missão especial das mulheres, e sim como um indivíduo que tem sua própria missão especial — não botar *mulher* antes da minha individualidade. Isso está certo?

não

Então fazer bebês *não* é a missão especial da mulher?

sim

Eu não deveria fazer perguntas na negativa. É a missão especial da mulher?

sim

Sim, mas o universo livra a cara das mulheres que fazem arte e não fazem bebês? O universo se incomoda se uma mulher que *não* faz arte decide não fazer bebês?

sim

Essas mulheres são punidas?

sim

Sendo privadas do mistério e da alegria?

sim

E de outras formas?

sim

Não transmitindo os seus genes?

sim

Mas eu não me importo em transmitir os meus genes! As pessoas não podem transmitir os genes através da arte?

sim

Os *homens* que não procriam são punidos pelo universo?

não

Eles são punidos por negligenciar outras missões que normalmente associamos à masculinidade?

não

Os homens são poupados de toda condenação e podem fazer o que quiserem?

não

Talvez a punição deles não venha do universo, mas da sociedade?

sim

Na forma de ridículo?

sim

Das mulheres?

não

De outros homens?

sim

E o sofrimento deles é tão grande quanto o sofrimento das mulheres que são vítimas do universo?

sim

Bom, acho que isso parece justo.

sim.

~

Ontem, Erica, que espera seu primeiro bebê para qualquer momento, me enviou essa pintura da Berthe Morisot. Ela disse: *Essa pintura me lembra você. É como eu te imagino se você tivesse um filho.* Escrevi para ela dizendo que a mulher na pintura parecia um pouco entediada, mas ela respondeu dizendo que a mulher estava *interessada* em seu bebê adormecido, e ela achava que eu também estaria. Eu interpretei a mão da mulher sobre o berço como um gesto meio displicente, desatento. Mas Erica disse que ela sentia que a mão estava na beirada do berço com *ternura e proteção.*

Isso parece bom — pôr a mão sobre a realidade. Se afastar das distorções da mente e sentir o que existe de fato.

~

Hoje à tarde, fui à minha médica. Ela fez um check-up e depois perguntou sobre a minha vida, incluindo o tipo de contraceptivo que eu e Miles usávamos. Fiquei com vergonha, quando admiti a verdade: coito interrompido. Esse foi o método que usei com quase todos os homens. *Mas e se você engravidasse? Tudo bem para você?* Tentei responder de forma simples, mas logo minha resposta ficou confusa.

Depois da consulta, caminhei pela rua e liguei para a Teresa. Mencionei minhas inquietações a respeito dos caminhos que escolhi não trilhar e ela disse que todo mundo passa por isso, mas que, quase sempre, quando olhamos nossa vida em retrospectiva, vemos que as escolhas que fizemos e os caminhos que trilhamos foram os certos. Ela disse que não era uma questão de escolher uma vida no lugar de outra, mas perceber qual a vida que te escolheu. Para criar algo, você precisa de tensão — o grão de areia na pérola. Disse que minhas dúvidas e inquietações eram esse grão de areia. Disse que eram uma coisa boa, que me forçavam a viver a minha vida com integridade, a questionar o que era importante para mim e experimentar o sentido da minha vida, em vez de me entregar à convenção.

Tentar, então, descobrir quais são meus valores e vivê-los; mesmo que minha vida pareça não estar progredindo, enquanto a de meus amigos parece estar — riscando todos os itens da lista. Só se pergunte se você está vivendo seus valores, não se os itens estão sendo riscados.

Depois do telefonema, me dei conta de algo que sempre faço: tento imaginar futuros diferentes para mim, com aquilo que eu mais quero que aconteça. Não sei por que faço isso, se quase todas as coisas que eu quis ter — nas ocasiões em que consegui o que queria — não se parecem em nada com aquilo que imaginei. Então, por que não gasto o meu tempo me adaptando ao que aconteceu de fato? Por que não aceitar as coisas como elas são, levando em conta o que sei sobre a vida depois de realmente vivê-la? Em vez disso, teço fantasias, quando a única felicidade que tive aconteceu fora dos meus planos.

~

A sua ideia sobre o significado da sua vida, ou sobre o que você gostaria que ela fosse, se forma antes que a sua vida tenha a chance de se desenrolar. Tanto tempo antes que ainda não teve a oportunidade de se revelar, tempo que você gasta tentando preencher esse espaço pela frente com tudo aquilo que você quer que ele seja. Então para que serve esse tempo? Para que estar nele? Por que você simplesmente não morre quando uma ideia agradável o suficiente sobre o que a sua vida deveria ser se materializa na sua mente?

A razão pela qual nós simplesmente não nos matamos quando descobrimos o que queremos da vida é nossa vontade de viver essas coisas de fato. Mas o que acontece quando as coisas que achamos que queríamos viver *não* acontecem? Ou quando algo que não pensávamos que queríamos viver *acontece*? Para que viver todas essas outras coisas, as coisas que jamais desejamos, as coisas que não escolhemos?

Uma vez que a vida raramente se curva às nossas expectativas, para que ter expectativas em primeiro lugar? Não seria melhor não traçar planos? Mas isso também parece loucura, porque planos e desejos às vezes se realizam. Mesmo que não se realizem, eles nos levam a algum lugar. Ou pelo menos temos a impressão de que, sem desejos e planos, ficaríamos presos no mesmo local.

É comum dizer que ter ou não ter filhos é a maior decisão que uma pessoa pode tomar. Isso pode até ser verdade, mas também não significa nada. Uma decisão ocorre na privacidade da mente de alguém. Não é uma ação. Para que as coisas aconteçam na sua vida, outras pessoas devem participar. Você precisa impor a sua vontade. Muitas coisas precisam colaborar. A própria vida deve impor a vontade dela. Uma decisão na sua cabeça é algo bem pequeno. Ela não produz bebês.

Se uma decisão na sua cabeça não produz bebês, por que eu passo tanto tempo pensando nisso? Nós somos julgados pelo que acontece conosco como se nossas decisões fossem a causa disso. Desperdiçamos muito tempo pensando em ter filhos ou não, quando o pensamento é uma parte tão pequena disso, e quando mal há tempo para pensar nas coisas que de fato fazem sentido. E quais são elas?

Ninguém tinha certeza absoluta de que as coisas aconteceriam como aconteceram — a própria vida. Ninguém está totalmente satisfeito com o rumo que as coisas tomaram. Mas, apesar disto, a maioria das pessoas dá um jeito de ter algum prazer.

~

Uma amiga estava saindo com um homem e, bem no começo da trepada, *ouviu o chamado* e concordou em continuar. Ela disse para ele gozar dentro. Então ela engravidou e decidiu terminar com ele, mas eles continuaram amigos. Ela arranjou um namorado com quem queria criar a criança e o pai fica com o filho nos fins de semana. Que modo de viver! Responder ao chamado e, uma vez que a coisa está posta, tomar as decisões práticas e decidi-las bem.

Eu também ouvi o chamado, agosto passado, nas profundezas da minha alma. Nunca quis tanto ter um filho quanto naquele mês. Eu me lembro de sentar no píer junto ao lago do chalé da mãe da minha amiga, contando para ela sobre a minha vontade — sem contar para o Miles, pois ele tinha acabado de começar um estágio em um escritório de direito criminal no mês anterior e não parecia justo trazer a questão a ele então. Não era o momento certo. Nove meses depois, quatro amigas minhas deram à luz. Que chamado foi esse que todas nós ouvimos naquele agosto?

~

Quando eu era mais jovem, dizia a mim mesma que se algum dia tivesse um filho seria apenas se eu engravidasse por acidente. Bem, eu engravidei por acidente, e decidi não ter o filho. Eu tinha vinte e um anos na época e estava trocando de pílula anticoncepcional. Assim que descobri que estava grávida, decidi que faria um aborto. Não houve nenhuma lacuna entre descobrir e saber o que eu queria fazer. O médico que me examinou me aconselhou a ter o bebê. Ele me mostrou o ultrassom, mesmo sem que eu quisesse. Disse que era cedo demais para fazer um aborto. Como era possível que eu tivesse um aborto espontâneo, era errado fazê-lo agora. Brincou dizendo que eu deveria ter o bebê e entregá-lo a ele; disse que eu poderia ir até a casa dele toda semana para levar leite. Só depois que saí do consultório entendi o que ele quis dizer: o leite sairia dos meus peitos.

Passei a semana que antecedeu a consulta seguinte sem fazer nada além de esperar o meu aborto — fumando maconha, comendo doces, chocolate e salgadinhos, bebendo e fumando demais, como se estivesse tentando envenenar aquela coisinha que estava crescendo dentro de mim e que me deixava o dia inteiro enjoada.

Só hoje, enquanto escrevo isso, me dou conta de que ele estava mentindo; ele queria que eu mudasse de ideia. Você não precisa esperar para fazer um aborto. Mas na ocasião eu era jovem demais, e sozinha demais, para perceber.

~

Por que continuamos tendo filhos? Por que era importante para o médico que eu tivesse um? Uma mulher precisa ter filhos porque ela precisa estar ocupada. Quando penso em todas as pessoas que querem proibir o aborto, isso parece significar apenas uma coisa: não é que eles queiram uma nova pessoa no mundo, o que eles querem é que aquela mulher tenha o trabalho de criar um filho, mais do que querem que ela faça qualquer outra coisa. Há algo de ameaçador em uma mulher que não está ocupada com os filhos. Uma mulher assim provoca certa inquietação. O que ela vai fazer então? Que tipo de problemas ela vai arrumar?

Hoje à tarde, fui visitar minha amiga Mairon em sua casa nova. Ela segurava seu bebê no colo como se fosse um brinquedo delicado. Ela falou: *Oh — acabei de imaginar uma coisa! Um dia você vai me ligar e me contar que está grávida!* Ela disse que eu parecia muito fértil — como se ter virado mãe a houvesse transformado em uma médium, como se ela pudesse medir a fertilidade de uma pessoa só por estar perto dela.

Ela contou que na primeira vez que viu o filho, pensou: *Ai, só de imaginar que eu quase não fiz isso!* Ela nem sempre quis ter um filho — na verdade, ela não sabia se queria até o momento em que o bebê nasceu. O marido dela havia proposto isso como uma espécie de jogo — mergulhe de cabeça! — e ela concordou.

Mairon se iluminou como um raio de sol quando soube que Miles e eu ainda estávamos juntos. Ela disse: *Não existe um homem muito melhor que o outro — a não ser que ele bata em você, seja viciado em jogo, te traia, ou beba, os problemas que você tem com o Miles seriam os mesmos com qualquer outro homem.*

Ela explicou que recentemente ela e o marido haviam decidido que não iriam se divorciar. *Que interessante*, eu disse, *essa é uma decisão diferente da decisão de se casar*. *É mesmo*, ela disse. *Agora nós só brigamos por causa de dinheiro. Não brigamos por causa de coisas triviais*. Todas as células dela queriam que eu me casasse e fizesse bebês. Ela também admitiu — queria todas as suas amigas casadas e com filhos, como ela. Concordei que parecia uma aventura, e era lisonjeiro escutar que, como ela me disse, *Você seria muito boa nisso*. Existe uma parte de mim que sabe se terei um filho ou não? Será que irei *cumprir minha obrigação*, como a Mairon diz, como os homens cumpriam o serviço militar? Será que casarei com o Miles, depois prometerei não me divorciar dele, e jamais terei uma *vida não convencional*? Mairon me censurou quando eu disse que era isso que eu queria: *Você complica demais a questão. Isso não é a realidade. A vida não é assim. Não existe isso de vida não convencional.*

Quando estava saindo da casa dela, encontrei uma antiga professora. Foi em seu curso de Estudos Clássicos que, anos atrás, eu e Mairon nos conhecemos. Ela estava subindo as escadas para ir visitar o bebê e parou para me cumprimentar. Contei sobre a minha visita, e o que Mairon queria para a minha vida. Ela disse: *Por favor, não tenha filhos*. A professora tinha uma filha que estava com trinta e cinco anos. Eu sabia que ela estava tentando me salvar da labuta e da dor. Eu disse: *Mas ter uma filha não foi a experiência mais incrível da sua vida?* Ela hesitou por um momento, depois admitiu que sim.

~

O que fazer com essas sereias perigosas e belas, como Mairon, cuja canção é tão irresistivelmente doce quanto triste? O *canto da sereia* é um apelo difícil de resistir, mas que, caso atendido, leva quem o atende a um final muito infeliz. A canção delas produz seu efeito ao meio-dia, na calmaria sem ventos, e serena a alma e o corpo até a letargia fatal — e assim começa a te corromper.

Resistir como os monges resistem a se deitar com as mulheres — ainda que isso os fizesse se sentir bem. Cante suas canções para você mesma com tanta beleza quanto cantam as mães que querem lhe tentar. Cante sua canção com ainda mais beleza, pois a sedução da música delas, e as canções que elas cantam, logo te farão esquecer a sua terra natal.

~

Ontem Miles e eu tivemos uma longa conversa sobre mulheres artistas que têm filhos. Ele falou muitas coisas sobre como grande parte do que se costuma dizer sobre isso — as alegrias de ter filhos — era uma invenção, e que na verdade é algo parecido com lavrar um campo. Por que as pessoas que fazem outros trabalhos também deveriam lavrar o campo? Por que todos precisam fazer isso? Ele continuou e falou sobre o tempo que isso exige, e como isso, ter filhos, de algum modo te sobrecarrega, pois é o trabalho perfeito — é muito penoso, mas só *você* pode fazê-lo. *E fazer arte não é assim também?*, perguntou. Se a satisfação existencial pudesse ser alcançada pela criação dos filhos, você sentiria o mesmo desejo de produzir arte? Ele disse que ou se é um artista extraordinário e um pai medíocre, ou o contrário, mas você não pode fazer as duas coisas muito bem, pois tanto a arte como a criação de filhos exigem todo o seu tempo e atenção. Esse é o tipo de pensamento que eu sempre tento afastar da minha cabeça. Fiquei um pouco triste ao ouvi-lo falar assim, mas também nunca me vi como mãe, mesmo nos momentos em que pensei que poderia vir a ser uma. Ele diz que não temos dinheiro o bastante, que teríamos que nos mudar, transformar tudo. *Não fomos feitos para ter vidas normais — não viemos desse molde.* Por fim, falou sobre como as culturas sempre reservaram um lugar para os que não querem filhos: no clero — freiras e padres; acadêmicos e artistas. Quanto aos votos de castidade exigidos pela Igreja, Miles achava que, em última análise, quem se dedica ao difícil trabalho espiritual não pode ficar correndo atrás de crianças, e as sociedades consideravam que essas pessoas contribuíam de outra maneira e davam um desconto para elas. Durante toda a manhã, senti uma espécie de frieza no peito em relação a ele. Por que tenho que ser uma dessas pessoas de quem ele está falando?

Quando me referi a não ter filhos como um *sacrifício*, ele disse: *mas o que você está sacrificando?* Escutei-o atentamente, então me lembrei de uma sensação de total aprofundamento — aconteceu uma vez, quando estávamos na cozinha; se eu ficasse com ele, seria com esse total aprofundamento que eu faria a minha escrita e viveria minha vida, nos recônditos mais escuros de mim mesma e da terra.

Mas talvez eu deva ser grata por ele não querer filhos. Em um certo sentido, eu deveria ser grata.

~

Hoje à noite, antes de deitar, Miles e eu discutimos por causa de dinheiro. Quem deveria pagar pelo que e como — foi assim que a briga começou. Ele está endividado por causa da faculdade de direito, e manda dinheiro para a filha, enquanto eu nunca tive dívidas, já que trabalhei durante toda a faculdade —

justamente por morrer de medo de dívidas. Nunca misturei meu dinheiro com o de um homem antes, ou recebi dinheiro de um namorado, ou sustentei um homem, e tampouco fui sustentada. Tenho tantas lembranças terríveis dos meus pais discutindo por causa de dinheiro que sempre busquei evitar brigas como essa, tentando manter meu dinheiro separado.

~

Na noite passada, sonhei que Miles terminava comigo em um ônibus e, logo em seguida, abraçava uma jovem morena, pequena, recatada, que estava sentada ao seu lado. Fiquei arrasada por ter agido de tal maneira — emotiva, difícil — que tenha feito com que ele quisesse me deixar. Mas eu também queria terminar com ele, e tive dificuldades em explicar a Miles que eu era desse jeito — sensível, difícil — devido a como *ele* era; que eu não seria deste jeito com outro homem.

Com o tempo, meu ciúme se dissipará, assim espero. Miles já disse que a única coisa que vale a pena neste mundo é ser uma pessoa decente e corajosa, e que ele nunca *fez isso* — mentir para uma mulher ou enganá-la. Tenho apenas duas escolhas: confiar nele ou suspeitar dele; acreditar nele ou duvidar. Assim, só posso escolher confiar nele, pois o que eu tenho a ganhar com a dúvida e a suspeita? Isso só me faz sentir dor antes que qualquer dor realmente exista.

Preciso perguntar: será que sou uma daquelas escritoras pálidas, frágeis, que nunca saem de casa, que não querem ter filhos, e que sempre me fascinaram e me horrorizaram?

sim

Existe algo que eu possa fazer para evitar isso?

não

E ser assim é motivo para vergonha?

sim

E *ser assim* é fundamentalmente egoísta?

sim

E não tão conectado à energia vital, como outras mulheres são, pois estou presa nos meus pensamentos e na minha cabeça?

sim

Existe um equivalente masculino para esta, digamos, esterilidade?

não

Existe uma figura romântica feminina que se equipara àquelas figuras masculinas românticas, artísticas?

sim

São as mulheres artistas com filhos?

sim

Se eu tiver filhos, serei como essas mulheres?

não

Eu teria que deixar de escrever para ser como elas?

sim

E dedicar minha vida a um homem?

sim

Ao Miles?

não

Ao meu pai?

sim

Dedicar minha vida ao meu pai e deixar de escrever me tornariam uma figura romântica feminina?

sim

Devo me mudar para a casa do meu pai agora?

sim

Mas isso não me faria infeliz?

sim

Eu não ficaria mais feliz aqui?

sim

É importante ser uma figura romântica ou não?

não.

~

Quando saí da casa dos meus pais, uma semana depois de terminar o ensino médio, minha mãe desistiu de me criar. Ela diz que deveria ter desistido muito antes. Eu me lembro da primeira vez que ela e meu pai me visitaram no quartinho que eu tinha alugado. Era um quartinho tão deprimente, ligado a um banheiro minúsculo. Mas, para mim, era o paraíso. Minha mãe ficou lá chorando, magoada. Por que eu havia deixado minha família, e por que havia deixado nosso lindo lar, para viver naquele quartinho solitário, sem cozinha, que só tinha um fogareiro e mal tinha espaço para uma cama e uma mesa?

Minha mãe também saiu de casa aos dezessete anos — para frequentar a faculdade de medicina na cidade mais próxima. Mas ela não via a minha mudança como um ato similar ao dela — me mudar para poder começar a minha vida e escrever, nós duas prontas para trabalhar o quanto antes, dispostas a trabalhar para sempre. Minha mãe trabalha arduamente e eu também trabalho arduamente. Aprendi a lição do trabalho árduo com ela. É isso o que uma mãe faz: ela se senta em um quarto e trabalha com afinco.

Quando eu era mais jovem, pensando se queria ter filhos ou não, sempre voltava a essa fórmula: se ninguém tivesse me falado nada sobre o mundo, eu teria inventado os namorados, eu teria inventado o sexo, as amizades, a arte. Eu não teria inventado a criação de filhos. Eu precisaria inventar todas essas coisas para satisfazer meus anseios reais, mas se ninguém jamais me contasse que uma pessoa é capaz de produzir outra pessoa, e criá-la até que ela se torne um cidadão, isso jamais teria me ocorrido como uma forma de passar o tempo. Na verdade, soaria como uma tarefa a ser evitada.

Não que a questão do meu desejo *autêntico* ou original tenha qualquer importância. Eu sei que uma pessoa pode apreciar coisas que ela jamais imaginaria, e amargar horrivelmente as coisas muito desejadas, ou pode vir a querer coisas que não queria antes.

~

Preciso de muito pouco: erradicar todo o sentimentalismo do que eu sinto e enxergar o que é real. Hoje eu defini "sentimental" para mim mesma como *um sentimento sobre a ideia de um sentimento*. E me pareceu que minhas inclinações em relação à maternidade tinham muito a ver com a *ideia de um sentimento* acerca da maternidade.

É como a história que minha prima religiosa me contou quando fomos à casa dela para o shabat — uma garota cozinhava o frango do mesmo jeito que sua mãe fazia, que era o mesmo jeito que a mãe *dela* fazia: sempre botando o frango na panela com as pernas amarradas. Quando a garota perguntou à mãe por que ela amarrava as pernas do frango, a mãe respondeu: *Era assim que a minha mãe fazia*. Quando perguntou à avó por que ela fazia isso, a avó disse: *Era assim que minha mãe fazia*. Quando perguntou à bisavó por que era tão importante amarrar as pernas do frango, a bisavó falou: *O frango só cabe na panela assim*.

Acho que é assim que me sinto a respeito da procriação: uma vez foi necessária, mas agora é só um gesto sentimental.

~

Eu às vezes sinto como se a vida estivesse suspensa, de braços cruzados, esperando que eu tenha um filho. Sinto isso se arrastando pela minha pele — a sensação da vida batendo o pé, esperando que eu dê à luz um filho que só pode nascer através de mim. Às vezes sinto que existe uma vida humana específica que estou rejeitando — rejeitando ativa e egoistamente — caso eu não tenha um bebê. Não sei de onde vem essa ideia, ou se todas as mulheres sentem isso, ou se é algo do passado — de um marco histórico que foi criado quando eu fiz o aborto. Alguém estava crescendo e eu evitei que aquela vida existisse. Ainda assim, penso sobre isso, estranhamente, como uma questão do tempo presente: *existe alguém que não estou deixando nascer,* ou uma questão do tempo futuro: *existe alguém que não deixarei nascer.*

Será que existe uma parte de mim que acha que posso devolver aquela vida — reanimar aquela vida humana específica, que findei? Do mesmo modo como, mesmo anos depois do fim de um relacionamento, você se projeta de volta para o momento antes do término e vive no relacionamento como se ele ainda estivesse acontecendo, fantasiando: *Talvez eu possa ganhar o coração dele para ficarmos juntos outra vez.*

O que eu deveria fazer com a alma cuja vida apaguei, como se apaga uma vela em um bolo de aniversário? O judaísmo diz que não é uma criança até que tenha saído dois terços do corpo de uma mulher — até a cabeça ter emergido completamente. Tenho a sensação de que se eu abrir muito a minha boca, o bebê sairá dela, como algo que eu estava evitando dizer — e talvez eu escorregue e diga o indizível. Um bebê está logo ali, crescendo dentro da minha garganta, um indivíduo que quer vir através de mim — nem mesmo *meu filho* necessariamente — e nem sinto que essa criança quer que eu a crie, só que sou o receptáculo através do qual ela deve sair. Será que devo permitir? Deixar que essa coisa nasça — não por mim, não por Miles, mas por essa alma única e solitária?

Se aceito a ideia de que existe uma criatura esperando para nascer através de mim, e que isso não é uma culpa distante pelo aborto, logo me acalmo. E então parece que deixar outra criatura vir através de você, uma criatura cuja vida é inteiramente dela, é o cerne da maternidade. Um filho não é a combinação entre você e o seu parceiro, mas uma realidade em si, separada e singular — um foco de consciência distinto sobre o mundo. Não acho que eu já tenha sentido algo assim — que meu corpo, minha vida, pertenciam a *mim.*

~

Naquele fim de tarde, Miles entrou no meu escritório, onde eu estava escrevendo — ele estava juntando a roupa suja e disse: *Por que você não escreve um livro sobre a maternidade? Já que você tem pensado tanto sobre isso. E falado sobre isso com todo mundo que você encontra.* Depois ele continuou a arrumação. É verdade. Ultimamente eu *tenho* perguntado para todo mundo: *Você quer ter filhos?* Em todas as conversas que tenho com qualquer pessoa, ele me viu enveredar por este assunto.

Sua mãe sabe o exato momento em que ela engravidou? No momento em que ele entrou no meu escritório e disse isso, senti os movimentos iniciais de uma vida nova. Eu sabia que não poderia voltar atrás.

Que tipo de criatura eu estava gestando em mim, meio eu e meio ele? Que criatura é essa, metade criação de uma escritora, metade criação de um advogado criminalista? Claro, sempre farão a mulher se sentir uma criminosa, qualquer que seja a sua escolha, por mais que ela se esforce. Mães se sentem criminosas. As não mães também. Então essa criatura, que é metade eu, metade ele, será em parte uma defesa por escrito. Como Miles, ela irá querer ajudar, se pôr ao lado do réu. Como um colega de Miles disse certa vez sobre o trabalho deles: *Só duas pessoas ficam ao lado do réu — sua mãe e seu advogado.*

NOVA YORK

Naquela tarde, uma vidente — fraude ou curandeira espiritual — me parou na rua quando eu estava no West Village, olhando as vitrines depois de uma entrevista. A entrevista foi feita por uma repórter que estava escrevendo para um site sobre "Coisas para fazer em Nova York", e ela citaria a minha leitura naquela noite.

Eu estava em pé na rua ensolarada, olhando filhotes na vitrine de uma loja, quando uma mulher mais velha me parou e me mostrou que seu braço estava arrepiado — ela me disse para tocá-lo. Depois ela me levou até um banco do outro lado da rua. Só depois ela foi falar em dinheiro. Enquanto isso, ela podia ver nos meus olhos — o que quer que seja que ela tenha visto — que o Senhor queria que nos encontrássemos. O anjo Gabriel estava empoleirado em seu ombro direito, o anjo Miguel empoleirado em seu ombro esquerdo (ela os tocava, enquanto me dizia isso).

Ela disse que as minhas três cores eram lilás, turquesa e prata, e que eu deveria escrever com a mão esquerda porque meus poderes estavam no lado esquerdo de meu corpo, que foi onde Deus botou minha feminilidade. Pediu que eu apontasse a mão que uso para escrever, e é claro que estendi as duas mãos. Mas de agora em diante só escreverei com a esquerda, lenta e desengonçadamente, em um caderno branco, como estou fazendo agora.

Será que tenho cara de ingênua? Devo ter. Dei a ela cento e quarenta dólares! — ela ficou parada atrás de mim no caixa eletrônico. Mas justifiquei isso para mim mesma dizendo: *Custa menos que uma sessão de análise — e foi melhor do que uma.*

Ela me pediu para fazer três desejos, mas não consegui. Eu não posso fazer desejos agora. Sei que tudo que você deseja também tem um lado negro. Mas inventar três perguntas não seria tão complicado, então perguntei se ela me daria três perguntas no lugar dos desejos. Ela disse *sim*. Primeiro, perguntei a ela quanto tempo eu demoraria para terminar este livro, e ela fechou os olhos e perguntou para Deus (talvez tenha sido para Deus, mas pode ter sido para os anjos) e a resposta foi que eu o escreveria *em dias e semanas e meses e anos*, e o livro me guiaria, mas um dia ficaria pronto, e seria o meu best-seller. Ela destacou que eu tinha que lembrar quantas pessoas têm os mesmos problemas que eu. Só falei do livro porque ela falou da força que minha mãe e minha avó tiveram, dizendo que elas foram os alicerces de suas famílias.

Minha segunda pergunta foi: *Por que estou tão triste?* Ela fechou bem os olhos, depois revelou que um homem e uma mulher haviam botado um feitiço em mim, na minha mãe e na mãe dela quando minha mãe estava grávida de mim. Olhou ainda mais profundamente para dentro do desconhecido, depois disse, quase como se vomitasse: *É pior do que eu pensava.* Perguntei se essas pessoas estavam vivas ou mortas, e ela disse que elas estavam mortas, mas que isso só fez deixar o feitiço mais forte. Botou a mão sobre a minha barriga e disse que eu era fértil

— que o meu equipamento funcionava —, mas depois revelou que eu tinha células pré-cancerosas no meu útero.

Ela me fez apertar seu dedo três vezes, com força (*mais forte — eu aguento*), e fazer força como se eu estivesse parindo um bebê, para assim reverter o feitiço (e o câncer também, acho). Repeti as palavras dela dizendo, *mal, se vá! mal, se vá! mal, se vá!* Depois ela disse *Eu estou vendo a cabeça!* (ela me fez descruzar as pernas) e, com um esforço final, eu também vi a coisa toda sair.

Nessa altura, falamos sobre Miles, e ela disse que ficaríamos juntos pelo resto de nossas vidas. Ela viu duas meninas para nós. Eu as carregaria nove meses — *a gestação completa, não prematura*. Eu disse que ele era um homem nobre e ela disse que eu era uma mulher nobre. Eu disse: *Você quer ver uma foto dele?* Ela disse: *Sim, obrigada!* E mostrei uma foto dele no meu telefone — nós juntos na cama, sorrindo.

Ela viu que ele era honesto e verdadeiro. *Que bom*, ela disse. *Ele te ama e quer tomar conta de você.* Ela ilustrou isso me dando um saquinho de veludo azul cheio de pedras, e me fez segurá-lo com as mãos em concha: *Você pode botar sua vida nas mãos dele. E ele pode botar a vida dele nas suas.* Lágrimas brotaram em meus olhos quando ela disse que ficaríamos juntos. *Homem assim não dá em árvore. Viva um dia de cada vez.*

Ela disse que a minha missão na vida era falar por quem não podia — e algo que tinha a ver com os quatro cantos do mundo —, que meu nome de casada seria lembrado, assim como meu nome de solteira.

Eu tinha uma pergunta final: Devo morar em Toronto, onde me sinto mais em casa, ou em Nova York, onde tudo parece mais livre? Ela pensou e disse: *Você vai ficar em Toronto até terminar o livro, depois vai se mudar para cá.*

Mas e Miles? Você disse que ficaríamos juntos para sempre.

Eu estava pensando no emprego de Miles, e em como ele não poderia se mudar. Ela disse que ele se mudaria comigo.

Foi a melhor consulta que eu já tive com uma vidente.

Na manhã seguinte, antes de pegar o voo para casa, tomei café da manhã com a jovem editora de uma revista intelectual. Para chegar ao restaurante, era preciso descer um lance de escadas curto. O interior era escuro, com mesas de mármore redondas, guardanapos de pano e um cardápio escrito à mão com apenas seis itens, todos eles perfeitos.

O que precisamos saber sobre uma pessoa para gostarmos dela? Antes que ela embrulhasse as torradas amanteigadas que sobraram em um guardanapo de papel, eu não sabia se gostava dela ou não. Depois, quando ela embrulhou as torradas no guardanapo, subitamente eu a amava. Antes de embrulhar as torradas, ela estava se esforçando para se apresentar como a sofisticada e admirável jovem editora de uma revista respeitada. Depois, quando ela fez aquilo, a encenação caiu por terra; não só ela ganhava mal, como o gesto indicava, como ela também gostava muito de torrada. Ela gostava de torrada mais do que ela gostava de ser admirada.

63

~

Na noite anterior, eu tinha saído com alguns amigos, e o assunto de ter filhos havia surgido. Todos tinham tanto a dizer. Um dos homens, uma espécie de intelectual marxista que estava determinado a não ter filhos, ressaltou que Walter Benjamin havia corretamente expressado que o ódio revolucionário e o espírito de sacrifício *são mais bem nutridos pela imagem de antepassados escravizados do que pela de netos libertos.*

A conversa continuou por mais uma meia hora, até que a namorada de um sujeito, que não havia dito muito até então, comentou: *Sendo mulher, você não pode simplesmente dizer que não quer filhos. Você precisa ter algum grande plano ou ideia do que você vai fazer em vez disso. E é bom que seja algo incrível. E é bom que você consiga dizer de forma convincente qual vai ser o enredo da sua vida — antes mesmo que ele se desenrole.*

CASA

Saí do táxi com minha mala e tive uma sensação de paz e calma, enquanto ficava de pé em frente a nossa casa — um apartamento agradável no segundo andar de uma casa muito velha, com seu gramado selvagem.

Tive uma lembrança de nosso primeiro ano juntos: Miles estava de pé em frente à janela da sala, assistindo à primeira neve daquele ano e, virando-se para mim, que estava deitada no sofá, lendo embaixo de um cobertor, levantou quatro dedos. *Quatro estações*, ele disse, pois uma vez contei para ele que minha prima religiosa disse que deveríamos ficar juntos por quatro estações antes de decidir se nos casaríamos. Ele disse, *Agora faz quatro estações que estamos juntos.*

Eu posso ouvir o aspirador de pó no quarto ao lado. Miles passou os últimos minutos consertando-o. Nós o compramos semana passada e eu já o quebrei. Agora parece estar funcionando novamente.

Acabei de entrar na sala e dizer para Miles que, durante minha leitura em Nova York, conheci uma mulher de quem gostei e em quem confiei imediatamente. Ela me disse, enquanto estávamos no bar de uma boate escura — ela era meio bruxa, meio médium —, que ela podia ver: Eu teria *um bebê de parto normal* e o teria por motivos cármicos, não porque eu queria.

Miles respondeu: *Se eu encontrasse um cara em um bar e ele me dissesse que um dia eu teria um Corvette, acho que não sairia por aí contando pra todo mundo.*

Tive pesadelos de novo na noite passada. Tenho sonhos terríveis desde a infância, e não sei por quê. Esses sonhos acontecem para compensar algum aspecto do meu comportamento consciente?

não

Sou simplesmente amaldiçoada por um demônio, de um jeito meio aleatório?

sim

Devo prestar atenção aos meus sonhos — considerar que eles dizem algo real sobre a minha vida?

não

Eles só podem me dizer coisas sobre esse demônio?

sim

Prestar atenção aos meus sonhos seria útil pois eu aprenderia mais sobre o demônio?

sim

Para que eu possa lutar contra ele?

sim

Existe alguma chance de eu ser bem-sucedida nessa luta?

não

Eu luto contra este demônio, que me traz pesadelos todas as noites, de forma lógica e sistemática?

sim

Eu também luto de formas mágicas e aleatórias?

sim

Devo começar a personificar este demônio que me traz sonhos ruins?

sim

Devo visualizar um monstro?

não

Devo visualizar um ser humano?

não

Devo visualizar um espírito ou uma energia?

não

Devo visualizar um objeto inanimado?

sim

Uma torradeira?

não

Uma faca ou um secador de cabelos?

sim

Ambos?

não

Uma faca?

sim

Eu estou pensando em uma — ela tem um cabo preto, duro, de plástico. Mas seria mais divertido visualizar uma faca com um cabo de madeira. Posso trocar?

não

Está bem, então é como a faca na gaveta da minha cozinha. Esse é o demônio que me traz sonhos ruins, e tem trazido, por toda minha vida. Devo trazê-la para minha mesa?

não

Devo tirar uma foto dela dentro da gaveta na cozinha?

não

O demônio é uma faca porque ele quer cortar o que há de esperançoso e otimista em mim?

sim

Ele quer arrancar a minha fé no mundo?

sim

Ele tem um bom motivo para fazer isso?

sim

Porque ele é o servo do Diabo?

não

Então ele é um anjo?

sim

Essa é uma situação como a de "Jacó lutando com o Anjo"?

sim.

JACÓ LUTANDO COM O ANJO

Naquela noite, Jacó acordou e reuniu suas duas esposas, suas duas criadas, seus onze filhos, e os carregou através do rio. Depois que todos tinham atravessado, mandou que seus bens também fossem levados. Então Jacó ficou só, e uma criatura lutou com ele até o amanhecer. Quando a criatura viu que não conseguiria dominar Jacó, ela tocou a junta do quadril de Jacó, e ela foi deslocada. Então a criatura disse: *Deixe-me ir, pois o dia está nascendo.* Jacó respondeu: *Não lhe deixarei partir até que você me abençoe.* A criatura perguntou a ele: *Qual o seu nome?* Jacó respondeu: *Jacó.* A criatura disse: *Seu nome não será mais Jacó, mas Israel, pois você lutou com Deus e com homens e os superou.* Jacó disse: *Por favor, me diga o seu nome;* mas a criatura disse: *Por que você pergunta o meu nome?*, e o abençoou ali. Então Jacó chamou aquele lugar de Peniel, e disse: *Pois aqui foi onde vi Deus face a face e ainda assim minha vida foi poupada.* O sol se ergueu atrás dele enquanto ele deixava aquele lugar, mancando por causa do quadril.

Então não se trata de se fortalecer através do combate, ou vencer, mas superar?

sim

No sonho que tive ontem à noite, Miles admitia que não sentia atração sexual por mim. Ele dizia: *Você tem uma energia meio Robarts, que é atraente, mas não tem um tipo de corpo que faz um homem querer fazer algo com ele.* Eu ficava tão magoada com isso — Robarts é uma biblioteca! — e percebia que tinha que terminar com ele, se era assim que ele se sentia a respeito do meu corpo; como a nossa vida sexual poderia ser boa? Eu disse que ele tinha que tirar seus pertences da casa até o dia 7. Ele protestou e eu lhe dei até o fim do mês. Então me senti triste e solitária. Quando despertei, Miles estava de bom humor. Não contei a ele meu sonho, porque nas outras vezes que sonhei que terminávamos e contei isso a ele, ele ficou muito magoado. Fico feliz por não ter dito nada, o sonho não tinha nenhuma informação sobre o mundo real, só sobre o anjo-demônio, que deve ser superado. Em nossos sonhos, vemos o rosto de um demônio, seu rosto sempre mudando?

não

É o rosto do demônio, esse rosto que nunca muda?

sim

O rosto estático do demônio, ao qual outorgamos significado, imagens e história.

Leloir

Gauguin

Eu gostaria de saber mais sobre esse demônio — que eu devo personificar como faca, já que ele quer cortar fora o que é esperançoso e otimista em mim, e que quer cortar fora a fé que tenho no mundo, mas ainda assim é um anjo. Essas criaturas sempre visitaram os humanos?

não

Eles têm nos visitado pelo menos desde os tempos bíblicos?

não

Sabemos bastante sobre a frequência ou a extensão dessas visitas?

sim

O método usado por Jacó é o mesmo que eu usarei para superar o demônio-anjo?

sim

Primeiro ele luta até o nascer do dia. Depois, a criatura toca a junta do quadril de Jacó, deslocando-o. Depois o demônio-anjo pede para ser solto, mas Jacó recusa. Jacó diz que não o soltará até a criatura o abençoar, então a criatura o abençoa. Depois Jacó nomeia o local onde ele está, uma única palavra que designa: *onde vi Deus face a face, e ainda assim minha vida foi poupada*. Depois ele se afasta mancando enquanto o sol se ergue atrás dele. Toda a parte da luta ocorre à noite. Essa é a primeira coisa que me chama a atenção. Depois, a curiosidade e a cortesia para com o demônio-anjo. Em seguida, o anjo dá um novo nome a Jacó. A coisa mais importante é que Jacó continua a lutar, mesmo ferido, e em vez de sentir medo ou raiva do demônio-anjo, ele pede para ser abençoado. Acho que essa é a parte mais comovente. Isso traz à tona alguma coisa dentro de mim. Gostaria de saber o que isso diz sobre a criatura. Será que o demônio-anjo quer ser amado?

não

Respeitado?

sim

Nada pode nos abençoar como ele pode?

sim

Ele quer arrancar nosso otimismo, nossa esperança e nossa fé para que nos esforcemos mais pelo otimismo, pela esperança e pela fé que precisamos substituir — otimismo, esperança e fé que nos foram roubados durante a noite?

não

Ele quer que deixemos Deus entrar em nossos corações, no espaço vazio que otimismo, fé e esperança um dia ocuparam, antes de o demônio-anjo arrancá-los?

sim

Estou sendo presunçosa em fazer estas perguntas?

não

Ele quer arrancar nosso otimismo, nossa esperança e nossa fé para que nos tornemos humildes e, sendo humildes, peçamos para ser abençoados?

sim

Devo pedir a bênção dele quando acordar?

sim

Devo pedi-la enquanto sonho?

sim

Devo visualizar a faca quando estiver pedindo as bênçãos dele?

sim

Devo realmente deixar a faca no meu quarto?

sim

Quando Miles perguntar por que tem uma faca no quarto, devo explicar por alto, em termos gerais, sem me deter no assunto?

sim

Pode ser qualquer uma dessas duas. Deveria ser a da direita?
sim

Aqui está bem? Assim consigo vê-la bem da minha cama quando eu acordar.
não

Devo deixá-la aqui, então?
sim

Assim não é melhor?
sim

Você quer que eu tire uma foto dela na janela, para ver se fica melhor?
sim

E então?
não
Então, no espelho?
sim.

~

O primeiro presente que Miles me deu foi uma pequena faca em uma corrente. Eu me lembro tão bem de como ele entrou na cozinha, segurando-a na mão, não em uma caixa ou qualquer coisa assim, a corrente pendendo de sua mão e a postura levemente curvada, e como o seu maxilar estava relaxado naquele momento. Você não gostou daquela primeira posição, sobre a porta, porque esse seria o lugar onde se botaria uma cruz — ficou religioso demais?

não

É porque eu me olho no espelho com frequência, então devo botá-la lá para que, quando eu me olhar, me lembre da minha humildade e de que eu preciso ser abençoada?

sim

É bom pensar que esses pesadelos são o rosto de um demônio--anjo que eu devo superar — mas espera lá! O que significa *superar*, afinal de contas? Significa que em um dado momento eu estarei tão dentro de mim — essa sensação da minha própria humildade e da minha necessidade de ser abençoada — que os pesadelos não precisarão mais me visitar?

não

Acabei de ler um comentário que sugere que Jacó está lutando consigo mesmo — com o seu novo eu, agora que ele é um homem bem-sucedido. Conforme ele se afasta da luta mancando, *o físico e o espiritual não estão mais em contradição. Juntos, eles o acompanham a cada passo do caminho enquanto ele se move em direção ao seu destino, apesar de fisicamente mais lento, espiritualmente fortalecido.* O que precisa ser superado é a oposição entre o espiritual e o físico?

sim

Isso está relacionado à nossa humildade?

sim

A faca do Miles é um símbolo da nossa humildade, de como o nosso amor depende do acaso?

não

De como o nosso amor depende de nós dois?

não

De como nós dois dependemos um do outro, pura e simplesmente?

sim

É por isso que devemos ser amorosos?

não

Posso mudar de assunto?

não

Logo no começo, Miles disse que devemos sempre botar o outro em primeiro lugar, e que se ambos fizéssemos isso, tudo daria certo. Então talvez não seja tão arriscado depender dele, pois aí está ele — um homem forte, inteligente, leal — e eu escolhi depender dele. Ele vai usar sua inteligência e seu amor para me botar em primeiro lugar, e o inverso também é verdade. O risco de amar nunca me pareceu tão claro, e como ele é horrível sem confiar ou ter fé, coisas sempre tão difíceis para mim. Amá-lo será mais fácil se eu aceitar que dependo dele?

sim

Eu nunca quis ter a sensação de depender de um homem. Fiz tudo que pude para evitá-la. Ainda assim, os homens também dependem das mulheres, e todos os seres humanos dependem de coisas que vão além do humano. Um grande galho de árvore caiu na minha frente outro dia, enquanto eu caminhava pela rua, e tomei isso como um bom presságio, pois poderia ter caído bem na minha cabeça. Depender de algo maior que nós faz parte da reconciliação entre o espiritual e o físico?

sim

É mais fácil enxergar o micro — outra pessoa — do que esse *algo maior*, portanto podemos usar o micro como modelo para aprender sobre como dependemos do algo maior?

sim

Eu adoraria aprender a ter confiança e fé no amor, e com isso ter confiança e fé no que quer que seja que o universo traga, e a admitir que eu dependo de Miles, e que ele depende de mim, e que dependemos mutuamente de algo do qual todos fazemos parte, o que quer que isso seja, que é tão maior do que nós. Esses pesadelos, que introduziram um terror subjacente na minha vida — e que eu talvez supere lutando com eles, assim como a minha falta de confiança e de fé —, e que, por sua vez, significam reconciliar o espiritual com o físico, e que têm a ver com aprender a ser humilde e a pedir para ser abençoada, assim como meus pensamentos se tornam humildes quando lanço uma moeda aleatoriamente, minha compreensão depende do seu veredito. Embora no fim eu me afaste aleijada — mais velha e fisicamente mais fraca —, tenho esperança de que emergirei mais forte espiritualmente.

~

Hoje de manhã acordei com um imenso sentimento de amor em mim. Senti tanto amor pelo mundo, era como se eu pulsasse de amor quando acordei. Acho que nunca me senti tão bem. Eu *ri* no meu sonho! Foram sonhos simples — não pesadelos. Em um momento, eu estava no carro com o pai de Miles e estávamos rindo juntos, felizes. Agora, há sons de sinos de igreja ao longe, que eu nunca havia escutado do meu apartamento antes.

Saindo do chuveiro, Miles notou a faca sobre a cômoda do quarto. *Para que isso?*, ele perguntou. Respondi de forma meio vaga, *Ah, é para uma coisa que eu estou escrevendo*. Ele lançou um olhar como se quisesse saber mais, mas respeitou meu direito de não ser interrogada. Ele disse: *Precisa ser essa faca?*

Eu disse: *Sim*.

A mãe do meu pai fechava as cortinas brancas da sala de jantar nas noites de sexta-feira, apesar de ela morar em uma bela casa de tijolos em um bairro de classe média em Toronto. Ela não queria que as pessoas a vissem acendendo as velas do shabat e soubessem que era judia. Seus pais e seu irmão morreram em um campo de concentração, enquanto ela passava a guerra escondida em Budapeste, indo de um apartamento a outro a cada poucos dias, antes que os vizinhos suspeitassem e começassem a fazer perguntas sobre ela. *Os alemães tiraram suas vidas e os comunistas tiraram sua propriedade,* meu pai me disse uma vez, sobre a família de sua mãe. *Não restou nada. Bem... nós restamos.*

~

Quando a mãe da minha mãe, Magda, tinha doze anos, seus pais morreram de influenza. Eles tinham trinta e poucos anos, e eram pobres — o pouco dinheiro que tinham mal era suficiente para alimentar seus quatro filhos. Não tinham dinheiro para uma consulta médica, então morreram sem consulta.

Os quatro órfãos foram acolhidos por uma prima da mãe, que vivia no mesmo vilarejo em que eles viviam. Todas as manhãs antes da escola, Magda tinha que enfiar milho na goela dos gansos, para engordá-los para o comércio. Ela detestava fazer isso. Passou a infância com fome. Ela e os irmãos roubavam e comiam as sobras da comida dada aos porcos no quintal. Em vez de cursar o ensino médio, ela foi trabalhar como costureira.

Quando Magda tinha vinte e um anos, foi deportada para Auschwitz com os irmãos. Lá, no mesmo alojamento, ela encontrou uma mulher mais velha, que havia conhecido antes da guerra. A mulher estava doente e Magda tentava amenizar seu sofrimento por estar em Auschwitz. Um dia Magda achou uma grande pedra no campo, e pensou que poderia ser boa para a mulher mais velha usar como travesseiro, então a pegou e a deu a ela. Mais tarde, porém, Magda se deu conta de que talvez aquela pedra já estivesse sendo usada como travesseiro por outra pessoa, e se sentiu culpada por talvez tê-la roubado de alguém.

A mulher mais velha morreu no campo. Depois da guerra, Magda se casou com o filho da mulher, George, que era bondoso com os irmãos de Magda que sobreviveram, e foram morar em Miskolc.

~

Magda e George não tinham afinidade intelectual. Ela escrevia poesia e gostava de conversar com vizinhos sobre política e ideias filosóficas. Os principais prazeres dele eram uma boa refeição e jogar cartas com os amigos. Eles tiveram uma menina, que morreu ainda bebê. Depois nasceu minha mãe.

Quando minha mãe estava na primeira série, Magda retomou o ensino médio para conseguir seu diploma. Havia muitos adultos em sua turma, e ela às vezes contava ao marido sobre este ou aquele colega que decidira largar a escola. Minha mãe, ouvindo essas histórias, frequentemente dizia a sua mãe que ela também queria largar a escola. A mãe dela dizia: *Está bem, vá brincar. Depois você pode largar a escola, amanhã.*

Por essa época, Magda ficou amiga de uma mulher idosa que não tinha muito dinheiro, e Magda queria ajudá-la financeiramente. Mas essa idosa era orgulhosa demais para aceitar sua caridade, então Magda pedia que ela viesse ajudar com as tarefas domésticas. Mas antes de a mulher chegar, Magda fazia de tudo para deixar a casa arrumada, deixando apenas dois pratos na pia para que a outra os lavasse. Ela tinha amigos de todas as classes e lugares da sociedade: artistas, quitandeiros, policiais, balconistas.

Depois que terminou o ensino médio, Magda foi para a universidade para se tornar advogada. Era a única mulher em sua turma. Queria defender crianças infratoras, pois sentia que nenhuma criança era intrinsicamente má. Minha mãe se lembra de sua mãe estudando noite adentro. Ela terminou a faculdade de direito e quase se formou, mas na última hora a universidade não permitiu, porque George fizera algo ilegal: contrabandeara suéteres da Hungria para a Tchecoslováquia para vendê-los em uma feira de roupas. Magda ficou furiosa. A partir de então, ela passou o resto da vida ajudando o marido com os negócios, mas ficou muito infeliz com seu destino. Nunca mais poderia ser uma advogada. Venderia suéteres pelo resto da vida.

Ela insistiu para que minha mãe se tornasse uma profissional; queria que ela tivesse uma boa educação, fizesse alguma coisa da vida, já que Magda não pôde fazer. Então, minha mãe se dedicou aos estudos desde menina.

Durante a infância e juventude, minha mãe acordava em casa sozinha, pois seus pais tinham que sair antes do amanhecer para vender roupas na feira. Minha mãe sempre acordava em uma casa escura, vazia. *Ninguém nunca abria as persianas.* Tomava café da manhã sozinha e ia para a escola, depois voltava para a casa vazia. De noite, seus pais chegavam exaustos do mercado e iam direto para a cama.

Na escola, as crianças se sentavam em pares, duas mesas coladas uma com a outra, mas minha mãe insistia em se sentar só. Às vezes, quando uma criança faltava porque estava doente, e caso minha mãe gostasse do companheiro de mesa daquela criança, ela se sentava ali temporariamente. Quando Magda descobriu que sua filha estava se sentando sozinha, quis que ela parasse com aquilo. Foi até a professora e pediu para que fizesse minha mãe se sentar com outra criança. Mas a professora defendeu minha mãe, dizendo: *Não, deixe-a.*

~

Meu pai deixou Budapeste e veio para o Canadá com a família aos onze anos. Quando tinha mais ou menos vinte anos, conheceu minha mãe, que estava visitando familiares em Toronto. Foram apresentados por um amigo em comum. Meu pai se apaixonou por minha mãe e, quando ela voltou para casa, ele lhe enviou muitas cartas de amor que atravessaram o oceano. Ele era um pretendente adequado: um judeu húngaro, engenheiro profissional, morando no Canadá.

A primeira vez que meu pai visitou Magda, ela o observou brincando no carpete com um gato, e advertiu a minha mãe estudiosa: *Ele sempre vai brincar.* Magda adorou meu pai e queria que ele se casasse com minha mãe. Minha mãe também queria se casar com ele.

No casamento de meus pais, Magda estava com câncer e, depois do casamento, minha mãe relutou em deixar a Hungria, temendo que a doença da mãe se agravasse. Magda, entretanto, fingiu que estava bem e encorajou minha mãe a partir. Assim, minha mãe veio para o Canadá com meu pai.

Minha mãe mal falava inglês. Teve que aprender uma língua nova e repetir todo seu treinamento médico em um país novo. Poucos meses depois de terem se mudado, a mãe da minha mãe morreu. Foi logo antes do Natal. Junto com o luto terrível, minha mãe também se sentiu culpada, como se, por ter deixado sua mãe, ela fosse a assassina. Foi nessa época que ela começou a ter pesadelos com a mãe.

No dia de Natal, dois anos depois, quando ela tinha vinte e seis, eu, sua primeira filha, nasci. Durante toda a minha primeira infância, infância e juventude, minha mãe dormia no quarto ao lado do meu, e todas as noites sonhava com a mãe dela.

~

Quando minha mãe estava fazendo sua residência médica, odiava tratar as velhinhas que vinham reclamar de suas dores nas costas, pois sua própria mãe morrera de câncer no útero aos cinquenta e três anos. Ela não conseguia sentir compaixão por essas reclamações das velhinhas, pois sua própria mãe não tivera a chance de ficar velha. Foi assim que minha mãe se tornou patologista.

Ela trabalhava em um hospital em Toronto, fazendo autópsias e diagnosticando espécimes em um microscópio para determinar se células eram malignas ou benignas. Quando ela era residente, meu pai e eu às vezes a visitávamos no fim de semana, e almoçávamos com ela no refeitório nos seus intervalos. Certa vez, ela me contou que quis virar patologista pela beleza das células sob o microscópio — padrões espiralados de roxo e rosa.

Quando eu era pequena, não raro encontrava minha mãe

sentada na cama sob as cobertas, com canetas e marca-textos ao seu redor, grifando passagens nos mais pesados manuais de medicina. Quando eu tinha cinco anos, meu pai e eu fomos visitá-la no apartamento onde ela passou vários meses, para que pudesse se concentrar nos estudos para as provas. Não parecia haver nada no mundo tão romântico e heroico quanto uma mãe que vive sozinha em um apartamento, com seus livros e canetas coloridas. Eu queria ser como ela quando eu crescesse. Queria morar em um apartamento também, sem ninguém por perto para me incomodar. Eu amava visitá-la lá.

Minha mãe deu tudo de si ao trabalho e deixou que meu pai criasse meu irmão e eu. Era maravilhoso ter um pai tão amoroso, e estranho ter uma mãe que quase nunca estava presente. Eu ressentia a forma como o mundo falava das mães; os pressupostos sobre mães e os pressupostos sobre pais. Meu pai era como as mães das outras crianças. Ele ia conosco nos passeios da escola. Sabia o nome de todos os meus amigos e de cada professor. Ele me levava a festas de aniversário e ao balé. Chegava do trabalho antes que minha mãe, e nunca trabalhava nos finais de semana. Eu me lembro de correr pelo corredor quando ele entrava pela porta voltando do trabalho, botando sua pasta no chão, e eu — selvagem e tonta de amor — corria para os seus braços.

Uma amiga uma vez me perguntou se minha mãe tinha morrido.

~

Minha mãe queria uma menina responsável — que eu não era —, que a obedecesse e mostrasse respeito. Ela era severa e queria que eu fosse médica como ela, quando a única coisa que me interessava era a arte. Ela não entendia o que havia de importante na arte. Assim, se as coisas que eu mais amava não tinham valor para ela — o que sempre me pareceu uma pergunta sem resposta —, que importância eu poderia ter para ela? Será que eu me lembro de ansiar pelas coisas que eu não tinha, como os olhares e carinhos ternos das mães de minhas amigas? Eu tinha um pai, e ele me cobria de amor.

Mesmo que o casamento de meus pais tenha se tornado infeliz depois de um tempo — ela valorizava as conquistas e o trabalho; ele valorizava o encanto e a diversão —, ela foi feliz por ter casado com um homem que era um pai dedicado, em uma época em que a maioria dos homens não era. Ela ficou aliviada por poder contar com ele para cuidar de nós — e fazer muito mais do que a maioria dos homens fariam. É possível dizer que ela escolheu bem o seu par. Ela se casou com o homem certo para o seu trabalho, apesar de ele não ser o homem certo para a sua felicidade.

Hoje eles são como irmãos — pois laços familiares são escassos na nossa família.

Quando minha mãe viu um cadáver pela primeira vez, ela estava na faculdade de medicina na Hungria. Ele estava aberto deitado sobre a mesa na sua frente e, olhando-o de relance, ela sentiu uma espécie de vertigem. Não esperava encontrar algo além de sangue, ossos e vísceras, mas, ainda sim, uma parte dela continuou procurando. Apesar de ter sido criada sem Deus, ficou perturbada por não encontrar nada além daquilo — não havia alma.

Foi assim que me senti quando me casei, ainda muito jovem. Eu esperava que, no momento em que me casasse, algo aparecesse ou nascesse — algo mágico, uma bolha ao nosso redor, a reluzente bolha do casamento. Mas, assim como o cadáver dissecado revelou uma ausência surpreendente para a minha mãe, no momento em que me casei, senti que haviam me enganado: o casamento não era nada além de uma simples ação humana que eu jamais conseguiria cumprir.

Então, temo que assim também serão os primeiros momentos na sala de parto, depois que botarem o bebê sobre o meu peito: ali também não haverá nada de mágico, só a velha vida de sempre, como a conheço e como temo que ela seja.

Quando Miles se aproximou, ficando atrás de mim enquanto eu escrevia, e colocou suas mãos sobre meus peitos, fiquei tensa. Fiquei tensa porque eu estava justamente olhando a foto de uma garota de peitos grandes, e me pareceu que ele não tinha muito o que tocar. Imaginei que estivesse pensando na inadequação dos meus peitos. Depois ele tirou as mãos. Ele percebeu que eu fiquei tensa?

sim

Ele entendeu que eu estava me sentindo insegura em relação aos meus peitos?

sim

Ele estava, de fato, decepcionado pela inadequação dos meus peitos enquanto os tocava?

não

Que coisa. É uma pena. É uma pena que eu tenha projetado isso nele, assim como estou projetando a sabedoria do universo em vocês, moedas. Mas é útil, isso, como um meio de interromper meus hábitos de pensamento com um *sim* ou um *não*. Sinto que usar essas moedas está deixando meu cérebro mais flexível. Quando recebo uma resposta inesperada, tenho que me esforçar para achar outra resposta — com sorte, uma melhor. Isso interrompe a minha complacência — ou pelo menos é o que sinto, que tenho que cavar um pouco mais fundo, ficar desconcertada. Meus pensamentos não terminam onde eles normalmente terminariam. Ao mesmo tempo, na minha idade, sinto que eu me aceito até certo ponto, então lançar essas moedas não é autodestrutivo, o que seria caso eu ainda me desprezasse. Ou *será* que eu ainda me desprezo?

não

E será que eu me desprezei um dia?

não

Não, não, foi tudo faz de conta, mesmo naquela época. Mesmo quando parecia que eu me desprezava, eu ainda era grata por ter nascido. É possível se desprezar, mas amar o mundo?

sim

Mas quem você é não faz parte do mundo?

sim

Então não entendo como é possível você se desprezar, mas amar o mundo. Eu acho que é imprescindível que a pessoa sinta que ela não faz parte do mundo. É isso, então?

sim

E essa é a essência do desespero?

sim

Qual o oposto do desespero? Alegria?

sim

Paz?

não

Felicidade?

sim

Então a essência da felicidade e da alegria é a sensação de pertencermos ao mundo?

sim

Que somos do mundo e somos parte dele — realmente inseparáveis?

não

Se sentir *em casa* no mundo?

sim

Tanto em um nível microcósmico quanto no macrocósmico?

não

Só em um nível microcósmico, como uma cidade, um relacionamento, uma família, ou entre amigos?

não

Só em um nível macrocósmico, como a natureza, a humanidade e o tempo?

sim

Este ano, resolvi que eu seria feliz. Eu queria tanto ser feliz, custasse o que custasse, mas eu não sabia em que consistia a felicidade. Agora que eu sei, me concentrarei nisso. Felicidade e alegria são se sentir parte do mundo, se sentir em casa no mundo, no âmbito da natureza, da humanidade e do tempo.

~

Durante o fim de semana, meu pai e eu vimos alguns filmes caseiros feitos na Flórida quando eu tinha entre nove e dez anos. Em um deles, minha mãe e meu irmão estão no corredor de um condomínio onde os primos religiosos dela tinham dois apartamentos; ficamos hospedados lá por uma semana. Meu pai segura a câmera enquanto nós andamos pelo corredor de um apartamento, onde estávamos hospedados, para o outro, que tinha uma TV. Estou fazendo uma performance para a câmera, dizendo para meu pai filmar o ventilador de teto, e anunciando em uma voz lenta e deliberadamente performativa: *Olhem o ventilador! Ele roda e roda...*, como alguém vendendo uma casa para um idiota.

No vídeo, minha mãe se recosta contra o batente da porta do segundo apartamento e pergunta a meu pai se ele está com as chaves, querendo entrar para se afastar de nós. O rosto dela tem uma expressão de repulsa enquanto olha para mim. *Pare de atuar!*, ela diz. *Tente viver a sua vida.* Meus pais nunca concordavam em nada, então meu pai me defende: *Não, ela está* tentando *atuar, porque isso é um diário de bordo, estamos viajando de um apartamento para o outro.* Minha mãe murmura para ele, amargamente, *Não! Eu às vezes digo para ela "Seja você mesma". Mas eu nem sei mais o que "ela mesma" é. A atuação e "ela mesma" estão completamente misturadas.*

Durante anos, esse vídeo me causou muita dor, ao ver o desprezo de minha mãe. Quando era mais jovem, assistindo-o, eu tinha tudo de que precisava para provar que ela não me amava. Mas agora acho que a crítica dela tinha sua razão. Eu mesma e a minha atuação *estávamos* completamente misturadas. Queria que minha mãe tivesse me ajudado com as minhas questões, e as apontado para mim de uma forma construtiva, me ajudando a resolvê-las. Nunca entendi o que ela achava que havia de tão errado comigo, então concluí que todo o meu ser era inteiramente errado. Sempre me senti assim: desamparadamente errada, e desesperada para viver minha vida como uma pessoa acima de qualquer crítica, o que quer que isso signifique; provar que eu era melhor do que todas as formas pelas quais ela me enxergava, fazer uma única coisa que ela pudesse admirar.

Ontem de manhã, eu e minha mãe estávamos sentadas no auditório do Roy Thompson Hall para uma cerimônia que duraria três horas, em que toda a família se reuniu para assistir a Miles recebendo sua licença de advogado. Em breve, ele alugaria uma sala e começaria seu próprio escritório. Havia centenas de pessoas lá. Estávamos sentados na parte mais distante do palco, com a família de Miles ao nosso redor, e desconhecidos nas fileiras a nossa frente e atrás de nós. Comecei a contar para minha mãe o que a vidente de Nova York havia me dito na rua — que ela e eu estávamos tristes porque três gerações da nossa família foram amaldiçoadas — eu, ela e a mãe dela. Um sorrisinho curioso surgiu em seu rosto, e quando insisti para que ela me dissesse o significado daquele sorriso, ela disse que não acreditava que isso fosse verdade.

~

Depois da cerimônia, eu estava conversando com uma amiga da família, Sylvia, na festa ao ar livre que ela havia organizado para Miles e para o filho dela. Ela disse que tudo parecia bem entre mim e Miles. Foi assim que aconteceu com *ele* — ela apontou para as costas de seu marido. E contou a história maravilhosa sobre como eles se conheceram. Não era o que eu esperava. Ambos foram casados com outras pessoas antes. Isso foi há vinte e cinco anos. Aqueles primeiros anos foram difíceis — *ainda é muito difícil*, ela disse. Ela não está fazendo arte. Os três filhos deles já cresceram.

Ela chamou meus relacionamentos anteriores de *narcisistas*, pois eles se centravam somente no que eu queria, na *minha* felicidade. Na relação com o Miles — em que duvido de mim mesma, hesito, examino meu comportamento e levo o que *ele* quer em consideração —, ela disse que era como criar um filho; faz você ir até os seus limites. Estar com um homem que faz você se sentir assim é *mais relacional*, ela disse, e faz de você uma pessoa melhor, *porque você não necessariamente é boa do jeito que você é*.

Ela aconselhou, *tenha um filho com ele*, como se isso fosse algo que você faz para trazer um homem para perto de você. Talvez isso influencie as mulheres a ter filhos mais do que eu imaginava. Mas sei que quando uma mulher tem um filho para trazer um homem para perto dela, frequentemente o homem só se afasta mais.

Fazendo compras com a minha mãe, há alguns anos, ela sacudiu a cabeça quando viu uma mulher grávida, alegre e de mãos dadas com o marido, quando passamos por eles. *Aproveite*, minha mãe disse, murmurando. Mas ela não estava falando "aproveite a gravidez". Ela quis dizer que a mulher deveria aproveitar o amor que estava recebendo do marido, pois logo mais ele conheceria seu bebê e o amaria mais do que a amava. Ela disse: *Logo mais você será substituída.*

~

Quando encerrei a conversa com Sylvia, abandonei a dúzia de convidados que confraternizavam no jardim e fui para a cozinha, e vi a filha mais velha de Sylvia apoiada no balcão, enquanto sua filha de dois anos brincava no chão. Eu disse a ela: *Eu tenho tanta inveja das mães, porque aconteça o que acontecer, elas têm essa pessoa, essa coisa.* Ela disse: *Não é assim. Eu costumava ter coisas. Eu não tenho mais nada. Eu não tenho meu trabalho... Minha filha é uma pessoa em si. Ela não pertence a mim.*

Naquele momento, vi que era verdade: a filha dela era algo separado dela, não era de forma alguma um bem ou uma propriedade.

~

A filha de Sylvia era nossa vizinha até a criança ter quase dois anos, e durante um tempo eu ia lá para ajudar. Lembro-me perfeitamente de trocar a bebezinha e de uma coreografia que fazíamos. Enquanto ela estava deitada de costas com sua nova fralda, eu puxava uma calça de debaixo do trocador e a segurava na altura dos olhos dela. *Essa aqui?*, eu perguntava. *Não!*, ela dizia com sua vozinha. *Essa aqui?*, eu perguntava novamente. *Não!*, ela sorria. E assim continuávamos enquanto ríamos de nosso dilema comum, até que finalmente ela concordava em vestir uma delas.

Um dia, quando voltei para casa, contei isso para Miles, acrescentando que era uma das melhores coisas que tinham me acontecido desde eu-nem-sei-quando, e ele balançou a cabeça, dando a entender que *Ser mulher é a coisa mais estúpida, mais lamentável que pode acontecer com alguém.*

~

Ontem à noite, sonhei que brincava no mar com a minha filha de três anos. Ela era loira, e tinha os cabelos compridos. Estava quente, estávamos dançando nas ondas e pensei que se as férias pudessem ser sempre assim, então ter uma filha seria pura alegria.

Acordei apavorada às três da manhã, me perguntando: *E se eu tiver reprimido tanto meu desejo de ter filhos que nem posso mais reconhecê-lo?* Lembrei que depois que eu e Miles fomos morar juntos, eu estava andando sozinha pela praia em Los Angeles, tão extasiada com a ideia de que um dia eu talvez tivesse um filho nosso, que fiquei excitada pensando em Miles com uma aliança no dedo, meu marido diante do mundo; e como eu achei erótico aquilo, me imaginar carregando um filho metade dele.

Às vezes me convenço de que um filho tornaria tudo mais profundo — simplesmente traria um sentido de profundidade e significado em qualquer coisa que eu faça. Também acho que talvez eu tenha um câncer no cérebro. Eu posso sentir uma coisa no meu cérebro, como se um dedo o pressionasse.

~

Talvez criar filhos realmente *seja* uma tarefa ingrata. Talvez não exista qualquer razão para agradecer a alguém por ter investido tanta energia em um ser humano que não precisava nem ter nascido. Então será que devemos tentar lutar contra esse impulso — como Miles disse — e passar pelos nossos anos férteis sem gerar um filho, não importa o quanto desejemos fazer isso; mas altruisticamente, e com todas nossas forças, fazer de tudo para evitá-lo? Encontrar nosso mérito e nossa grandeza em outro lugar além da maternidade, como um homem deve achar seu valor e sua grandeza em algum lugar além da violência e da dominação, e quanto mais homens e mulheres fizerem isso, melhor o mundo será? Miles disse que valorizamos homens beligerantes e dominadores, da mesma forma como reverenciamos a mãe. O egoísmo da geração de filhos é como o egoísmo de quem coloniza um país — ambos carregam o desejo de deixar algo de si no mundo e o reformar com seus valores, à sua imagem. Eu me sinto agredida quando ouço que uma pessoa teve três filhos, quatro, cinco ou mais... Parece mesquinho, autoritário e grosseiro — a disseminação arrogante desses seres.

Ainda assim, talvez eu não seja tão diferente dessas pessoas — me disseminando em tantas páginas, com meu sonho de que minhas páginas se espalhem pelo mundo. Minha prima religiosa, que tem a minha idade, tem seis filhos. E eu tenho seis livros. Talvez não haja uma diferença tão grande entre nós, só uma pequena diferença em nossa fé — nas partes de nós que sentimos que devemos espalhar.

TURNÊ DO LIVRO

Na minha primeira noite no exterior, em um pequeno restaurante em Estocolmo, minha editora sueca de trinta e dois anos começou a me contar que ela e suas amigas (todas com maridos e filhos) têm uma amiga que está há sete anos com seu parceiro. Essa mulher é a única do círculo de amigas original da faculdade que não tem filho. Minha editora diz que sua amiga e o marido não querem ter filhos, mas quando ela não está nos jantares, todas as amigas falam sobre ela, e sentem pena dela, especulando que *ele* é quem não quer ter filhos, e que ela, na verdade, quer. A vida dela desperta muito interesse. Eu disse que talvez a amiga realmente *não* queira um filho, mas minha editora teve dificuldade em aceitar essa possibilidade; eu acho que não porque ela não pudesse imaginar *outra* mulher não querendo ter filhos, mas porque essa amiga havia se estabelecido no grupo como aquela de quem elas podem sentir pena, aquela que faz com que as outras se sintam superiores, e sobre quem possuem um conhecimento especial (maior do que o conhecimento que a amiga tem sobre si mesma). Elas precisam de alguém que faça a vida delas parecer melhor por comparação. Ela cumpre um papel importante.

Pensei que para a amiga deve ser horrível ainda estar em contato com suas amigas da faculdade. Ela deve pelo menos suspeitar de que elas têm pena dela e não acreditam no que ela diz sobre a sua vida. Desejei que ela pudesse achar amigas novas, e suspeitei que ela provavelmente *tinha* amigas novas, e talvez só se encontrasse com suas amigas da faculdade quando necessário, o que explicaria por que às vezes ela não estava nos jantares em que suas amigas fofocavam sobre ela e suas desilusões e carências.

~

Uma escritora americana alta e de cabelos escuros, que conheci no festival, disse que, entre as mulheres de nossa idade, a primeira coisa que queremos saber sobre outra mulher é se ela tem filhos e, se não tem, se ela vai ter. *É como se fosse uma guerra civil: De que lado você está?*

Estávamos em um bar típico de Dublin, tarde da noite, repleto de homens jovens que dançavam com entusiasmo sob as luzes giratórias. Eles se amontoavam, pegavam nas bundas uns dos outros, davam encontrões, peito contra peito, e flertavam conosco sem grandes expectativas. Nós os ignorávamos solenemente. Então ela foi ao banheiro. *Você vai me deixar aqui sozinha, é?*, eu disse. Enquanto ela estava ausente, mantive os olhos fixos nas mulheres emperiquitadas em uma grande TV. Enquanto assistia, pensei em como era injusto que ela e eu tivéssemos que pensar sobre ter filhos — tínhamos que sentar e falar sobre isso, sentindo que, se não tivéssemos filhos, *iríamos nos arrepender para sempre*. Subitamente tudo pareceu uma enorme conspiração para impedir as mulheres na casa dos trinta — quando você finalmente tem algum juízo e alguma habilidade e experiência — de fazer qualquer coisa realmente útil com essa idade.

E é difícil fazer alguma coisa quando uma parte tão grande da sua mente, a qualquer momento, está preocupada com essa possibilidade — uma pergunta que parecia não incomodar nem um pouco os homens bêbados.

~

Em Munique, a produtora de um programa de TV de meia hora sobre artes — baixa, com o cabelo louro e liso puxado para trás, parecendo estar no sexto mês de gravidez, e segurando uma prancheta grande e pesada — entreouviu minha conversa com o apresentador do programa. Ela disse que tinha quarenta e um e estava grávida de seu segundo filho. Apontando para sua barriga, ela observou: *Essa não é a única vida que eu poderia ter tido. Eu poderia ter escolhido outra coisa. Não é preciso ser mãe — é só uma das coisas.*

O entrevistador tinha mais de cinquenta anos. Ele disse que sempre quis ter um filho, mas só com a mulher certa, e ela só surgiu quando ele tinha quarenta e cinco. Ela estava com quase quarenta na época, e tinha um filho de quatro anos. Eles debateram o que deveriam fazer, e ela disse que a decisão era dele. Ele finalmente escolheu não ter, pois a essa altura se sentia velho demais.

Ele disse que entre ele e seus irmãos e irmãs, ninguém tinha tido filhos. Os pais deles se separaram depois de vinte anos, e ele achava que esse era o problema. *Qual o problema?*, perguntei. *O fato de eles terem desfeito a família*, explicou, *significa que nós não nos sentimos na obrigação de continuá-la.*

~

Ontem à noite meu editor holandês me contou que ele tem dois filhos com a mulher atual e uma filha com a ex. A filha mais velha tem vinte e quatro; os meninos têm nove e doze. Ele disse que, depois do terceiro filho, falou para a mulher: *Chega!* Ele se sentia velho demais para ter mais filhos, então fez uma vasectomia. Mas, ao longo dos anos, ele se arrependeu diversas vezes, porque quando os meninos ficaram mais velhos, ele quis aquilo de novo — a experiência de aninhar um bebê em seus braços.

Ele tem uma amiga que, casada há treze anos, estava tentando engravidar. Eles tentaram de tudo, diversas rodadas de fertilização in vitro. Nada funcionou. Então a amiga passou uma noite com outro homem. Engravidou. Ela contou para o marido, e ele disse que aceitaria a criança como sua, com uma condição: a criança jamais saberia que seu pai biológico era outro homem. A mulher não pôde aceitar a condição, e então o casal se separou. *Agora ela está em uma situação difícil*, ele disse, *criando a criança sozinha.*

Saí do restaurante para fumar e engatei uma conversa com o homem que me ofereceu um isqueiro. Ele me perguntou de onde eu era e eu respondi. Então ele começou a me contar sobre amigos gays que tinha em Nova York; eram um casal de homens advogados. Agora eles tinham dois filhos gerados pelo útero de uma mulher, com os óvulos de outra mulher (ele me perguntava, com um sotaque carregado: *Essa é a palavra certa — óvulo?*). As mulheres não participam da vida das crianças, pois os homens eram advogados e redigiram contratos muito rigorosos, disse. Isso custou muito dinheiro a seus amigos, principalmente para a mulher do útero. *Ela estava sempre dizendo: Ai, estou com dor nas costas, ai, eu preciso disso, preciso daquilo.* Senti pena da mulher que estava sendo representada desta forma. Eu disse várias vezes: *Ela deve ser pobre* — porque quem iria alugar o próprio útero duas vezes? Quem acharia que esse suplício vale a pena, para depois nunca mais ver as crianças? Mas também já ouvi falar que algumas mulheres gostam da gravidez, e querem ajudar pessoas que não podem ter filhos.

Ele só me contou tudo isso porque descobriu que eu era de Toronto — como seu amigo, o advogado gay. Fez questão de acrescentar que as crianças eram muito adoráveis e meigas.

~

Outro dia, eu me diverti muito, ao caminhar sob o sol antes da minha palestra das quatro e meia da tarde, quando percebi como escrever tinha me trazido tantas coisas, e me sentindo tão sortuda por ter esta minha paixão — bem ali, no centro da minha vida. E você nunca se sente sozinha quando está escrevendo, pensei, é impossível — *categoricamente impossível* — porque escrever é um relacionamento. Você está envolvida em um relacionamento com uma força que é mais misteriosa do que você. No meu caso, suponho que esse tem sido o principal relacionamento da minha vida.

Comecei a pensar nas modelos — essas mulheres que, por causa de sua beleza, viajam o mundo, e são bem pagas, e podem conhecer quem elas quiserem, e atraem homens interessantes. Também consigo algumas dessas coisas, e eu nem sou bonita, mas consigo tocar a beleza.

~

Hoje de manhã, tomei mais um banho com um pequeno chuveirinho de mão, agachada na banheira. No começo, achei frustrante, parecia impossível ficar realmente limpa, mas após apenas três manhãs me lavando assim, já me parece algo sensual.

~

Ontem à noite, fumando na varanda do hotel, na última noite do festival, esse outro escritor, Adam, disse que achava que todos os meus questionamentos sobre ter filhos ou não finalmente me levariam a ter um filho. Quando perguntei por quê, ele disse, *Você vai ficar curiosa demais para não ter*. Ele e a esposa têm dois filhos. Como eu estava chapada, acreditei no que ele disse. Tínhamos acabado de participar de uma mesa-redonda juntos, e eu queria dizer para ele — mas eu não disse porque alguém usando um uniforme gritou conosco e disse que não era permitido fumar na varanda —, eu queria dizer para ele que, até então, o efeito tinha sido o oposto. Eu via que outras pessoas já estavam cuidando desse assunto — da maternidade. Se os outros já estavam fazendo isso, então eu não precisava fazer.

Uma mulher idosa que estava trabalhando na mesa de autógrafos veio falar comigo depois da mesa-redonda. Ela era rechonchuda e atraente, com um sorriso simpático e cabelos brancos. No palco, eu falara um pouco sobre as minhas deliberações, e ela queria me dizer que tinha uma filha de trinta e cinco anos, e que a filha dela já tinha estado como eu, em dúvida se queria filhos ou não. Depois a filha dela se casou, e como o genro dela tinha sessenta por cento de certeza que queria ter filhos, eles tiveram, e agora ela adora ser mãe. Disse que a filha é uma mãe maravilhosa. Seus olhos faiscaram quando disse que sua filha havia *lhe dado* um neto, e que frequentemente quando mergulhamos de cabeça em algo, depois ficamos felizes por termos mergulhado.

Adam entreouviu a nossa conversa e, quando estava saindo da varanda para entrar em seu quarto, censurou o fato de aquela mulher ter vindo me dizer o que ela achava que eu deveria fazer com a minha vida. Ainda assim, isso não o surpreendia. É como com o aborto, ele disse. *As pessoas acham que são donas do seu corpo; acham que podem te dizer o que fazer com o seu corpo. Os homens querem controlar o corpo da mulher proibindo-a de abortar, enquanto as mulheres tentam controlar o corpo da mulher com a pressão para que ela tenha filhos.* Isso parecia tão estranho e verdadeiro, e me dei conta de que tanto um lado como o outro trabalhavam para o mesmo fim: filhos. Um lado falava pelo ponto de vista do imaginário desejo de viver do feto, enquanto o outro representava o ponto de vista da alegria e da plenitude imaginárias da mulher, mas ambos levavam ao mesmo fim.

~

O jovem francês que me levou até o aeroporto Charles de Gaulle hoje de manhã disse que para ele a verdadeira arte era *invisível*. Ainda assim, encorajava seus amigos, no pequeno coletivo de arte do qual fazia parte, a fazer coisas que pudessem ser vendidas, porque é difícil ganhar a vida como artista, ele disse, *se você não fizer coisas; se tudo que você faz é criar contextos*.

Sentada no banco de trás do carro dele, me perguntei se não ter filhos era algo mais parecido com criar um contexto, enquanto ter um filho era mais parecido com fazer uma coisa. Assim como acontece com um artista que faz objetos para serem vendidos, é fácil recompensar alguém por ter um filho — o sentido da vida deles é tão material em sua solidez e seu valor. O futuro deles se apresenta tão claramente. Ter um filho é como ser uma cidade com uma montanha no meio. Todo mundo vê a montanha. Todos na cidade se orgulham da montanha. A cidade se ergue ao redor da montanha. A montanha, como um filho, representa algo real sobre o valor daquela cidade.

Em uma vida em que não há filhos, ninguém sabe nada sobre o sentido da sua vida. Talvez suspeitem que não exista nenhum — nenhum centro ao redor do qual ela se organiza. O valor da sua vida é invisível, como os contextos dos amigos do jovem motorista.

Que maravilhoso é trilhar um caminho invisível, onde o que mais importa mal pode ser visto.

Comprei a colônia favorita do Miles no aeroporto de Amsterdam. Essa turnê foi tão cara. Elas sempre são. Estou com um cheiro de perfume fortíssimo, por ter me demorado na loja de perfumes, e derramado um pouco no meu casaco. Estou indo ao banheiro tentar tirar o perfume. Não aguento ficar aqui sentada nessa nuvem de vapores, esse atentado de baunilha e frutas.

Escrevendo isso em um banco de plástico, esperando meu voo atrasado para casa.

CASA

Uma parte de mim não está levando nada do que escrevo a sério, porque tem um homem no quarto ao lado, dormindo. Alguma coisa no fato de ele estar lá me deixa em suspensão sobre tudo que escrevo. Como ele me dá muitas coisas, não sinto vontade de procurar respostas. Será que antes minhas palavras me protegiam, ao passo que agora não preciso mais da proteção delas? Será que antes elas eram meu consolo, enquanto agora não preciso tanto do consolo delas? Será que eu não preciso mais estruturar o caos, pois o amor não só o estrutura, mas dá sentido a tudo?

Desde que voltei para casa, tenho sentido aquela urgência — aquele anseio por uma plenitude sagrada na forma de um filho. Será que algumas mulheres se sentem assim o tempo todo, carregando uma convicção tão profunda que nada nem nenhum homem podem abalá-la? Será que isso é tão forte para as mulheres cujos corpos aspiram por bebês que, em suas manobras com os homens, sentem que estão buscando a melhor oferta; os homens não sendo proveitosos por eles mesmos, mas são, mais do que tudo, um meio para outro fim?

Às vezes sinto que seria fácil ter um filho do Miles — a carne dele dentro da minha, sua pele com seu aroma tão agradável, tão limpo, tão macio; o cérebro, o coração, misturados com os meus. Quando descrevi isso para a Erica, ela disse: *O que você está descrevendo não é a vontade de ter um filho dele dentro de você. Você está descrevendo a vontade de ter o pau dele.*

Percebi que era verdade: quando me imagino grávida, é como uma sensação de algo alojado dentro de mim — tão grande, tão profundo, uma sensação tão gostosa. Suponho que não seja assim. Então será que eu realmente quero um filho, ou será que só quero mais dele? Um filho não é mais dele. Um filho não é um namorado. Quando o seu filho cresce e transa com outras pessoas, aí é que eles não são seus mesmo.

~

Na noite passada tive um sonho muito intenso que me dizia que meu (futuro) bebê havia começado sua descida para a terra: vi que tinham lhe dado uma alma e ele ainda estava muito distante, nas alturas, e que esse processo tinha começado havia sete meses — isso significava que fazia sete meses que ele tinha se conectado ao meu coração, como se o bebê nascesse primeiro, muito antes, no coração de sua mãe. A visão estava prestes a terminar quando corri desesperadamente até o que quer que fosse o oráculo que tornava isso tão claro, e perguntei se era tarde demais para escolher o caminho que tornaria possível ter esse bebê. Fiquei tranquila ao saber que não.

~

Eu acho que de fato *quero* ter um filho com Miles. Quando penso nisso, meu coração se agita de uma maneira alegre, e pensar sobre isso faz com que eu me sinta leve. Sempre quero isso com mais força quando estou deitada na cama ao lado dele. Mas talvez eu deva falar com ele sobre isso. Mas o que eu diria? Parte de mim sente que não sou uma mulher real o bastante para dar conta disso — fazer um filho. Outras mulheres conseguem dar conta, mas eu não conseguiria. Não tenho energia para tanta conversa. Eu me sentiria como uma virgem que não sabe o que fazer com as mãos, ou como usar as palavras. Talvez seja porque não sinto esse desejo verdadeiramente. Ou talvez seja assim mesmo.

Acho que não quero parecer banal aos olhos de Miles; prefiro não ter um filho a ser vista assim. Ou talvez eu não consiga lhe dizer porque não quero perder a moral, não depois de ter dito tantas vezes que *não* quero ter filhos. Será que eu não quero que ele me veja como alguém que mudou de ideia, ou que ele pense que eu sou ridícula, o que ele certamente pensaria caso eu, inesperadamente, mencionasse esse assunto? Talvez eu prefira deixá-lo a falar sobre isso.

~

Ultimamente, sempre que transamos, fantasio que Miles vai gozar dentro de mim, como se ele quisesse fazer um bebê, e fico excitada quando penso que ele quer fazer isso — fico mais excitada com isso do que com qualquer outra fantasia. Ele costumava me dominar sexualmente, mas isso mudou nos últimos tempos. Se eu tivesse um bebê, eu seria dominada pelas necessidades do bebê. Não tenho fantasias sobre ser dominada pelas necessidades de um bebê. Ainda assim, eu imagino Miles gozando dentro de mim.

Talvez meu corpo esteja exigindo uma criança dentro de mim, e meu lado racional esteja tentando entender o que isso significa. Ele parece exigir cada vez mais, não só de mim, mas de todas as mulheres que eu conheço, que estão em um cio louco, querendo trepar com qualquer homem. Três conhecidas minhas deixaram seus parceiros, todas de forma repentina, e todas por um novo homem, e agora ou estão casadas com eles ou tentando engravidar deles, como se uma parte do corpo delas fosse subitamente acionada e apontasse em direção a um futuro mais real e mais atraente.

Será que o cérebro reptiliano engana o corpo para que ele cante a sua canção ancestral? É claro, nós somos mais do que as partes que reconhecemos como nossas. Talvez, antes, essas outras partes fossem mais silenciosas, ou fizessem seu trabalho sem serem notadas, ao passo que agora podemos ver seus cotovelos, seus dedos do pé atrás da cortina, manipulando os fios. Mas essas mesmas criaturas sempre estiveram lá, puxando as rédeas da sua vida. Será que um dia você verá o instinto maternal da mesma forma como agora vê o instinto sexual, que também foi subitamente acionado? Como aconteceu com o sexo, você resistirá, mas, olhando retrospectivamente, verá que ele te guiou. Você não escolheu ir nessa direção. A vida — a natureza — puxou as suas rédeas. É por isso que você não se arrepende do que fez durante aqueles anos. E para onde isso te levou? Para um lugar mais interessante. Tudo ficou mais interessante. Será que agora o seu corpo está te puxando em direção à maternidade, dessa mesma forma?

Discutindo isso com Teresa, ela disse que, quando estava com quase quarenta, teve que se amarrar à cabeceira da cama para não correr para a rua, agarrar o primeiro homem decente que visse e engravidar ali mesmo. Ela fez de tudo para resistir aos impulsos do seu corpo, e agora ela está feliz por ter feito isso.

~

Quando penso sobre o que realmente quero, a resposta que encontro é uma namorada para mim e para o Miles. Quero ter por perto uma namorada que equilibre a masculinidade que ele traz com algo mais feminino, para que nosso lar fique mais equilibrado, e a minha vida também; para que eu não peça para ele aquilo que ele não pode me dar — o tipo de companhia que só uma mulher pode oferecer. Quero uma namorada e um namorado, os dois. Quero uma namorada para nós, mais do que quero que tenhamos um bebê. Acho que isso tornaria tudo mais fácil, mais doce, mais verdadeiro, e mais justo.

Na única vez que eu e Miles fizemos um ménage com uma amiga nossa, senti: *Isso é o paraíso, isso é tudo que eu sempre quis na vida. Isso me satisfaz por completo.*

Na noite passada sonhei que Miles estava beijando outra mulher no banco de um parque. Era como se ele não achasse nada de errado com a forma como beijava o cabelo desta mulher, ou como a língua deles se tocava. Era bastante claro que ela o queria muito. Eu me afastei com raiva — como se fosse jogar alguma coisa no lixo — e depois voltei. Disse a ele que se fosse continuar com aquilo, eu não queria mais nada com ele.

Acordei chorando. Quando Miles viu, ficou chateado e disse que eu não deveria estar chorando por causa dos meus sonhos. Disse que ficaria envergonhado se seus pesadelos o fizessem acordar chorando. Mas os sonhos mexem com sentimentos reais dentro de mim! — o sentimento de ser abandonada. Então eu fico triste e choro, o que faz com que ele de fato me abandone.

Eu sou um flagelo para a minha própria vida. Como posso parar de ser um flagelo para minha vida? Não está certo isso, ser um flagelo para as dádivas da vida. Estar sempre sentada aqui, chorando, isso não está certo. Superar minhas lágrimas — isso é tudo que posso fazer. Todos os dias, como uma atleta, superar minhas lágrimas. Superar as lágrimas, como alguém que tem fé. Está bem, vou superar minhas lágrimas e vencerei.

~

Fumei maconha para me livrar das lágrimas. Falta uma semana para minha menstruação começar. Os dias dez, seis e cinco antes da menstruação são os piores. Os outros dias também não são lá essa coisa toda.

Quando estou chapada, o terror substitui as lágrimas. Será que é isso que as lágrimas escondem? O terror de ter passado mais um mês sem que eu tenha engravidado? Será que a TPM é isso — um medo primordial, talvez da morte ou de não ter procriado? Ou raiva de Miles por não ter me engravidado, uma vontade de expulsá-lo da nossa casa e da minha vida e achar um homem que me engravide? Eu estava mais feliz antes de ficar chapada, mas eu queria chorar. Agora estou paranoica, mas não tão chorosa. O que é melhor? Antes estava melhor.

~

O que pensar sobre as duas faces de Deus, o Deus Ovulando do Novo Testamento, compreensivo e amoroso, e o Deus TPM do Antigo Testamento, vingativo e irado? Como conciliar os dois dentro do meu corpo?

Para tentar entender meus humores: minhas duas semanas de infelicidade — a TPM, a fase lútea. Depois, alguns dias de sangramento. Depois, uma semana de renovação leve — a fase folicular —, quando o meu corpo está se preparando para uma nova vida, e as ideias surgem facilmente. Depois, alguns dias de ovulação — os dias de felicidade efervescente, quando o meu corpo mais quer trepar, e nada na minha vida parece errado.

Talvez, se eu puder prever esse ciclo, eu não precise levar meus humores de forma tão pessoal, ou fazer contorcionismos tão elaborados para escapar deles, mas vê-los como eles são: parte da natureza, como as nuvens são parte do céu. Talvez meus humores sejam uma prova de como um ser humano é por uma parte do tempo, ou como ele é preso ao tempo, ou *é* o tempo. O corpo feminino, em particular, expressa o tempo e se aproxima dele. Quando o sangue sai, outro mês passou. Erica disse: *Na verdade, acho que "a alma do tempo" é uma descrição bem exata da TPM. Não é só uma metáfora. Ela É a alma do tempo. Por isso que é tão desagradável.*

TPM

Hoje de manhã, Miles insinuou que eu não era alguém com quem um homem poderia construir uma vida ou em quem poderia confiar. Eu não acho que tenha feito qualquer coisa para indicar isso, mas é verdade que os outros enxergam o que você traz dentro de si, o que quer que isso seja. Não dá para se esconder das outras pessoas. Para que agir de forma terna e complacente com os outros, se sou uma estranha para mim mesma? Qual a vantagem de oferecer sorrisos matinais ao Miles, ou tentar arrancar sorrisos dele, quando sinto uma escuridão tão grande no meu peito?

Lágrimas e mais lágrimas de manhã. Não um choro de fato, mas ânsia de chorar. Confusão, desprezo. Miles saindo do quarto abruptamente, meus sentimentos se encaminhando para lugar nenhum, dentro dele não existe um porto seguro para os meus sentimentos. Ele vai embora antes mesmo que eu comece.

~

Seriam meus talentos para a falsidade — que Miles me acusou de possuir, dizendo que todas as mulheres têm — parte do imperativo biológico? Para procriar e criar filhos, a moralidade precisa ficar de lado? A única coisa que importa é a vida do filho, enquanto todos os outros valores são relativos? Foi assim que meu cérebro evoluiu ao longo dos milênios? Se eu agora escolher — parar de desperdiçar tempo e decidir— *não* ter filhos, será o início de uma jornada de reforma da minha mente, me tornando incapaz de mentir ou enganar, como se o mundo das pessoas vivas, e apenas esses laços vivos, importasse mais do que tudo — ser tão imputável quanto qualquer homem imputável? Assim como um homem pode se livrar de tudo que lhe é de direito, a violência, a necessidade de dominar, será que posso me livrar do desejo de fofocar, do meu interesse mesquinho na vida dos outros — especialmente nas partes mais sombrias das vidas de todas as minhas amigas — e, em vez disso, me responsabilizar pelas minhas ações e palavras, tendo decidido que não haverá filhos no meu futuro, nem nenhuma das alegrias e recompensas que isso traz? Para me superar — usar o meu cérebro, sendo implacável — e me arrancar dessa minha nuvem, em vez de chafurdar nela como alguém disposto a moldar sua moralidade de tal forma que seu propósito mais elevado seja garantir uma vida boa para seu filho — com todas as mentiras que o corpo conta para a mente, e todas as peças que ele prega. Garantir que o corpo não pregue mais nenhuma peça, e que eu não diga nada que não seja verdade. Para me transformar nisso, terei que trabalhar mais arduamente, suportar dor e infligir dor — não me torturar de forma masoquista ou remoer meus fracassos ou ruminar tristemente o futuro que talvez nunca venha, mas impor o futuro que mais desejo. Precisarei me livrar da minha hesitação feminina, nascida da cortesia; me livrar da minha insegurança, que me custa tanto tempo; trabalhar duro, pensar mais — toda a violência que terei que cometer contra minha própria suavidade, que sempre me deu tanto conforto! Estremeço ao pensar em como me deixei mergulhar nesse sono tão profundo, como uma princesa de conto de fadas, desperdiçando a vida com sonhos. E o sono continuará se eu não despertar, me sacudir e não mentir para ninguém nunca mais. E terei que me tornar um dos retos, um dos inabaláveis, que sofrem as consequências de tudo que dizem ou fazem. Essa névoa sonolenta que é a minha feminilidade, que muitas vezes ameaçou me afogar — precisa ser evitada, pois ela carrega muito poder. Ela me leva a me perder na criação de filhos, abrindo mão de tantas coisas — me incitando com aquelas alegrias simples e aquelas pequenas conquistas privadas.

E se eu me dedicar a ser uma mulher má e não procriar — me dedicar ao fracasso biológico? Para onde vai essa esfera da privacidade? Apenas para o fracasso. Só estamos totalmente sozinhos com nossos fracassos. Só quem busca o fracasso pode ser verdadeiramente livre.

Os fracassados talvez sejam a vanguarda da modernidade.

~

Em meu sonho na noite passada, eu olhava meus peitos no espelho. Eles estavam tão caídos, desciam pelo meu corpo — chegavam à altura do meu umbigo. Eu chorava, deprimida por causa dos peitos tão caídos. Gritava, entre lágrimas: *Meus peitos estão caídos demais!* Depois os olhava com mais atenção, e vi que havia cinco pregos em cada peito, e que na verdade meus peitos eram cascos, e que a razão de eles estarem tão caídos era para que eu pudesse usá-los para andar.

Na noite passada encontrei Marissa, seu cabelo e sua roupa impecavelmente arrumados, como se ela fosse ser fotografada. Nós nos conhecemos há muitos anos, quando escrevi um perfil dela para uma revista. Ela havia acabado de terminar a filmagem de uma série que escreveu e estrelava. Eu não a via fazia séculos. Da última vez, ela estava casada com um ator que, na ocasião, era menos conhecido do que ela e, quando ela voltasse para Los Angeles, ele se mudaria para o apartamento dela. Eu me lembro da sensação que ela me passou sobre ele — a de que ele era alguém que a ajudaria com seu trabalho. Na noite passada, enquanto jantávamos, descobri que eles estavam se divorciando. Marissa tem trinta e oito. Ela disse que muitas de suas amigas não queriam ter filhos, estavam felizes vivendo com seus parceiros. Mas disse que *ela* queria ter filhos, e que sempre sentiu que isso não daria certo com o marido. Seus pensamentos sempre voltavam para um homem na Itália — um diretor de cinema que ela dizia que realmente amava. Ela disse que o amou durante todo seu casamento. Quando seu casamento terminou, ela escreveu para ele contando o que sentia e havia sentido desde que ele a beijara, havia muitos anos. Para o diretor, o e-mail chegou tarde demais. Ele disse que fora forçado — fazia muito tempo — a desistir da ideia de ficar com ela. Agora estava com outra mulher, apesar de não a amar, e mesmo que ele não estivesse com ela, ainda assim seria tarde demais.

Agora Marissa não tinha nenhum dos dois. Novamente solteira, não podia evitar a sensação de estar fora do fluxo convencional da vida, como se tivesse perdido um pouco de seu status no mundo, especialmente entre as mulheres. Ela era apenas essa *coisa à deriva, uma ameaça em potencial.* Sentia-se amargurada em relação ao marido. O problema dele é que *ele não agia como o homem do relacionamento*, então ela não o respeitava inteiramente. *Isso corta o tesão*, ela disse. Ela achava que ele havia se beneficiado muito do casamento deles, pois agora ele fazia sucesso. Mas havia sido horrível se relacionar com outro ator — ela jamais faria isso de novo. Ele pegava coisas que ela dizia durante o jantar e as declarava em entrevistas, como se fossem ideias dele. Ela ficava tentando fugir dele para escrever seu roteiro — dois meses em um lugar, um mês em outro — e as coisas funcionavam bem quando estavam separados. Então ele vinha visitá-la, e ela perdia o fio da meada e dizia para ele ir para casa.

A história com o diretor na Itália me soou como pura fantasia, mas ela achava que sempre havia algo conspirando para que eles ficassem juntos. Ela nunca escreveu nada inspirada por seu marido, ao passo que *ele* inspirou todo um roteiro. Não foi o destino que fez os dois estarem em Londres ao mesmo tempo? Ainda assim, argumentei, eles não *ficaram* juntos em Londres, nem ficaram juntos em Vancouver ou em Roma. Ela insistia que o destino conspirava para que ficassem juntos, mas eu via da seguinte forma: todas as vezes que algo os unia, eles não *ficavam* juntos de fato, então talvez o destino estivesse tentando dizer:

Vocês não devem ficar juntos — preste atenção! Sempre que eu aproximo vocês, nada acontece.

Quando saímos do restaurante, andei atrás dela e notei suas botas de cano curto — de salto muito alto — e como os saltos haviam se desgastado em um ângulo sutil, com as pontas apontando para dentro. Vê-la bambolear como uma bruxa me comoveu profundamente. De costas, ela parecia tão carente e vulnerável.

Enquanto estava com Marissa, ela comentou que *os homens gostam de gozar dentro*. Apesar de isso parecer óbvio, eu nunca havia pensado a respeito, e fiquei com isso na cabeça por semanas. Decidi finalmente colocar um DIU.

A inserção foi muitíssimo dolorosa. Enquanto o médico o inseria, eu mentalmente gritava: *Pare! Pare!*, mas deixei que ele fosse colocado. Depois percebi que estava mancando para descer da mesa e para sair do consultório, por mais que tentasse me convencer de que não havia motivo para mancar.

Durante todo o tempo que aquilo ficou dentro de mim, senti como se em mim houvesse uma grande armadilha de dentes afiados. Não conseguia andar direito, tentava não me mexer, não conseguia esquecer que aquilo estava lá. Tudo que o Miles dizia me aborrecia, e ficava ressentida porque — era assim que eu pensava — eu estava com essa coisa dentro de mim *por causa dele*. Aquilo fazia eu me sentir obstruída e triste. E apesar de não querer engravidar, descobri que gostava ainda menos da ideia de não poder fazê-lo. Sentia que meu útero era feito de um plástico frio, duro, e bobinas de metal, como se as minhas entranhas fossem um aparato de tortura, apesar de não saber qual parte de mim estava sendo torturada. Era como se o animal sensível, pastoso, pulsante dentro de mim — que eu nem sabia que estava lá — houvesse sido capturado e imobilizado.

Depois de dez dias, eu não aguentava mais, e voltei para removê-lo. Ao sair do hospital, meu amor por Miles parecia ter sido libertado. Tive que admitir, encabulada, que a ínfima possibilidade de engravidar me fazia amá-lo ainda mais. A possibilidade tinha o seu encanto.

~

Na noite passada, encontrei uma amiga escritora e contei para ela sobre o DIU. Ela disse: *Eu nunca consegui colocar um DIU — eu não conseguia, não parecia ser a coisa certa para mim.* Eu senti que não tinha esse conhecimento mais profundo que ela tinha. Ela era uma pessoa reservada, alguém que parecia se conhecer bem. Eu disse: *Eu aposto que você sempre interroga o seu coração.* Ela concordou.

Eu acho que não tenho um coração — um coração que possa ser interrogado. Em vez disso, tenho essas moedas.

~

Essas fantasias que temos de viver outras vidas — como viver tendo filhos, caso não os tenhamos, ou viver sem eles, caso os tenhamos — são tabus?

sim

Deveríamos construir uma relação consciente com esses tabus, para nos sentirmos mais em casa no mundo, num nível macroscópico?

sim

Como devemos fazer isso? Confrontando esses tabus com nosso comportamento?

não

Confrontando-os conceitualmente, apenas em pensamento?

não

Em vez de confrontá-los, deveríamos tentar agregar o tabu a nossas vidas, para incorporá-los em nosso viver?

sim

Fazemos isso quando escolhemos, com grande determinação, a vida que estamos vivendo agora, com a convicção de que jamais viveremos o tabu que nos atrai?

não

Jacó chama o lugar em que lutou de *Peniel*. Ao fazer isso, ele está dando um nome ao seu tabu pessoal?

sim

Imagino que um homem ficar face a face com Deus era o tabu dele. Essa ideia deveria assustá-lo tanto quanto ser mãe me assusta. Nós incorporamos os tabus às nossas vidas quando criamos práticas espirituais ou religiosas ao redor deles, criando um lugar para eles, mas um lugar que é seguro?

não

Nós incorporamos os tabus quando adotamos um nome novo — assim como Jacó se tornou Israel?

não

Nós incorporamos os tabus quando os narramos, quando contamos para nós mesmos as histórias sobre nossa luta com eles?

sim

A ideia de ser mãe é um tabu para mim, como indivíduo?

sim

Então eu devo incorporar esse tabu a minha vida, contando uma história sobre lutar contra ele?

sim

Mas demora muito tempo para contar uma história, e isso significa que quando terminarmos, nos afastaremos mancando — mais velhos — mas, com sorte, mais espiritualmente fortalecidos. Jacó chamou sua história de *Peniel*, o que significa *Aqui foi onde vi Deus face a face*. Mas estou vendo o que face a face? A perspectiva da maternidade?

sim

Na história de Jacó, o anjo o abençoa naquele lugar. Mas, *espere* — o que significa ser abençoado? Que aquilo com que lutamos deseja o nosso bem?

não

Que nossa luta irá sempre nos proteger?

sim.

~

Meu irmão sente que um fardo injusto lhe foi dado por ser forçado a viver sem nunca ter pedido por isso. Eu sinto o oposto — que a vida é um presente belo e incrivelmente raro e que estarei eternamente endividada — e que devo passar meus dias tentando pagar essa dívida.

De onde eu tirei essa ideia de dívida? E para quem estou pagando essa dívida? E por que isso é a única coisa na minha vida — pagar a dívida? Será que ter filhos é uma forma de pagar a dívida? Para algumas pessoas deve ser, mas não sinto que para mim seja. Sei como é difícil ter um filho, mas para mim seria como uma indulgência — uma fuga. Não sinto que mereço esses prazeres. Sinto que tenho alguns deveres atrelados a minha vida, e ter um filho não é um deles.

~

Qual o problema de dedicar sua vida a uma mãe, em vez de

a um filho ou uma filha? Não pode haver nada de errado com isso. Se meu desejo é escrever, e que essa escrita defenda algo, e que a defesa realmente esteja viva — não só por um dia, mas por mil dias, ou dez mil dias —, essa não é uma aspiração humana menos válida do que ter um filho pensando na eternidade. A arte é a eternidade de trás para a frente. Escrevemos arte para nossos ancestrais, mesmo que esses ancestrais sejam escolhidos, como escolhemos nossas mães e pais literários. Escrevemos para eles. Crianças são a eternidade em direção ao futuro. A minha noção de eternidade atravessa o tempo de trás para a frente. Quanto mais para trás consigo ir, mais sinto que posso penetrar nas profundezas da eternidade.

Sempre achei que se eu conseguisse achar o primeiro garoto que eu amei, e o amasse, o amaria e ficaria com ele em nome da eternidade.

E foi meio isso o que fiz. Apesar de só nos juntarmos quando eu estava com trinta e dois anos, Miles foi o primeiro garoto que desejei após sair da casa dos meus pais, quando terminei o ensino médio. No momento que o vi, tudo ficou em silêncio. Ele estava fumando em pé em frente a um cinema que passava filmes antigos, após o fim da sessão — esguio, com o cabelo mais preto que o preto, olhos mais marrons que o marrom, e delineador. Ele era mais alto do que qualquer um na multidão, estava vestido elegantemente e olhava para longe com olhos tímidos, inteligentes. Parada perto dele, fora do cinema, eu disse ao meu namorado: *Ali está a pessoa mais bonita que eu já vi.* Quinze anos depois, ainda era verdade.

A sensação de lágrimas estava em mim quando acordei, mas elas não eram da noite passada, quando estava sozinha. Gosto de ficar sozinha. É difícil estar entre outras pessoas. Sozinhos, sentimos o universo inteiro, e nada de nossas próprias personalidades. Talvez seja a sensação da minha personalidade que me leve às lágrimas. Onde não há personalidade, não pode haver lágrimas.

Essa é a idade com que sua mãe também ficou infeliz, e também chorava constantemente. Pode ser uma fase biológica. Ou podem ser as escolhas que você fez.

Na noite passada, você disse que se perdoaria se cometesse um erro. Se você cometesse um erro, você disse que se perdoaria. *Eu sinto muito — Eu te perdoo — Me desculpe — Eu te perdoo — Eu te perdoo — Eu te perdoo — Eu te perdoo.* Você não sabia com certeza se tinha feito algo de errado, mas você disse que se perdoaria, mesmo se não tivesse certeza.

~

Na noite passada, sonhei que Miles queria ter um filho comigo — e ele realmente queria muito. Havia um anseio tão doce, tão grave nele, que comecei a pensar que talvez fosse uma boa ideia seguir em frente, simplesmente me deixar levar pelo entusiasmo — era como ser arrastada —, apesar de secretamente sentir que não queria. Então eu disse não para Miles, no meu sonho. Senti que se eu dissesse sim, eu acabaria abandonando meu filho. Ainda assim, havia algo de lisonjeiro ou totalmente incrível no fato de ele querer ter um filho comigo. Ninguém nunca tinha me pedido isso antes.

Quando acordei, disse para Miles: *Talvez seja legal ter um filho.* Ele disse: *Eu tenho certeza que também deve ser legal fazer uma lobotomia.* Todo o trabalho que ele teve ao longo dos anos para se tornar o tipo de pessoa que ele pode respeitar — tudo jogado pela janela; pois não há nada mais difícil nessa vida do que fazer alguma coisa de si mesmo. Ele disse: *Duas pessoas que podem ajudar centenas de pessoas — cada uma investindo suas energias em meia pessoa? É de uma vida humana de que estamos falando! Por que as pessoas — tão logo as coisas ficam bem — querem de repente mudar tudo?*

~

Teresa disse que as pessoas são predominantemente guiadas ou pelo pensamento ou pelos sentimentos, sensações ou intuição, e que saúde psíquica é usar todas as suas faculdades. Para descobrir o que eu penso sobre filhos, terei que usar mais meus sentimentos. Eu me lembro de ter lido uma vez que todos os filósofos são feios: eles têm narizes grandes demais, ou testas grandes demais, ou orelhas muito grandes, porque pensam muito. Nunca entendi isso antes, mas entendo agora: o filósofo perde seu equilíbrio. Na vida, o truque é fazer com que seu nariz, testa e orelhas sejam do mesmo tamanho. Então há outros lugares em que eu deveria passar o meu tempo, além de nos meus pensamentos?

sim

No meu corpo?

sim

Nos meus sentidos?

sim

Devo tentar sentir mais coisas?

não

Devo tentar sentir o que sinto mais conscientemente?

sim

O que isso significa? Com mais discernimento?

não

Mais amor?

sim

A consciência é amor?

não

A consciência *cria* amor?

sim

Em todos os casos?

sim.

Na noite passada, recebi nos biscoitos da sorte duas mensagens do tipo *alma do tempo*.

Uma dizia: *Pare de procurar. A felicidade encontrará você.* A outra dizia: *Seu futuro será harmonioso.* Elas me trouxeram a mesma sensação que as palavras *a alma do tempo* traz — que talvez não seja preciso que eu faça tanto quanto estou fazendo para impulsionar a minha vida em uma direção ou outra. E talvez que existam na vida muitas áreas em que não dá para saber o que vai acontecer. Ou talvez que uma parte de mim pense que, quando se trata de algo tão profundo quanto uma vida humana existir ou não, seria errado tentar controlar tudo com tanta força, ou tomar qualquer decisão de forma tão irrevogável.

Afinal de contas, não estamos apenas falando da minha vida. É a vida do Miles, a vida da criança, e de todas as pessoas que essa criança conhecerá um dia, e não conhecerá, e seja quem for que venha deles, ou qualquer coisa que eles façam no mundo. Quem sou eu para engendrar todos esses desdobramentos? Talvez essa decisão seja tão minha quanto do Miles, ou do meu pai, ou do meu país. Estou no mundo, e qualquer coisa que eu faça afeta outras vidas. Então tudo deve ficar bem solto, minhas fantasias sobre o futuro, pois cada uma delas envolve todas as outras pessoas. Por que devo tentar tão intensamente fazer com que algo se torne realidade para mim, quando esse destino também influenciará a vida dos outros?

Não sei por que não faço o óbvio — em vez de fantasiar sobre outras vidas, por que não tentar imaginar como é ser como eu, como é a vida que estou vivendo nesse momento e deixar que as fantasias me levem até a minha vida de fato? A primeira vez que esse pensamento me ocorreu, senti um frisson tão intenso, quase um frisson sexual, como se estivesse transando comigo mesma. A sensação durou apenas um segundo — uma breve fagulha do poder que era gerado quando eu ocupava a minha própria vida. Então por que eu não escolho fazer isso o tempo todo, já que é a verdade? Talvez eu tenha sentido que era poder demais — quem sabe o poder de unir o físico e o espiritual — se o espiritual é a minha imaginação, e o físico é a minha vida de fato.

Então devo apagar a fronteira e aproximá-los.

~

Esta forma de pensar está ligada à *alma do tempo*?
não
Será que um dia eu vou decifrar o que isso significa — *a alma do tempo*?
sim
Será que vou conseguir expressar isso neste livro?
sim
Devo terminar esta parte e começar outra tendo isso em mente?
sim.

~

Quando eu era adolescente, meu namorado e eu vivíamos em uma casa em ruínas, frequentada por todos os adolescentes. Ele e Miles eram amigos próximos, então Miles estava sempre por perto. Eu o respeitava e admirava, por sua dignidade, sua tranquilidade e sua inteligência. Nas festas, ficava encostado em uma parede, sozinho. Ele tinha um ar romântico que deixava todos encantados — a forma como ele se movia, fumava, se vestia e falava.

Uma década mais tarde, sempre que estávamos na mesma cidade, Miles e eu nos encontrávamos. Quando tínhamos por volta de vinte e cinco anos, ele estava morando em Montreal, e eu estava de passagem. Depois de assistir a um filme, fizemos uma longa caminhada juntos pela cidade. No final da caminhada, paramos em frente ao apartamento dele e, encostado na vitrine de uma loja, ele me disse que recentemente havia descoberto que seria pai.

Fiquei chocada. Nenhum de meus amigos tinha filhos ainda. Mas tudo ficou claro rapidamente. Apesar de Miles sempre ter parecido alguém controlado, também havia algo fora de controle a seu respeito — algo vulnerável, capaz de deixar que a vida escapasse de suas mãos. Eu pensei: *Claro que tinha que ser o Miles — engravidar uma garota acidentalmente. Com quantas mulheres será que ele já dormiu? E quem poderia se recusar a ter um bebê dele?*

Como eu poderia saber que, anos depois, essa filha sobre quem ele me falava seria um pouquinho minha filha também?

Hoje à tarde, fui à clínica de fertilidade para a última consulta de uma série de três, para investigar a possibilidade de congelar os meus óvulos. Durante as últimas semanas, fizeram todo tipo de testes. Eu me sentei no décimo terceiro andar de um prédio comercial, em uma sala de espera laranja, com alguns casais e mulheres sozinhas. Uma mulher segurava uma criança pequena de cabelos dourados que estava brincando no chão — e outra mulher cedeu seu espaço para ela. Ela estava sentada sozinha, separada por uma barreira de cadeiras conectadas, enquanto o resto de nós se juntava em uma espécie de amontoado — em respeito a ela, ou por rancor.

Finalmente, fui chamada. Uma mulher estava sentada atrás de uma longa mesa de vidro coberta por uma desordem de papéis, vestindo um casaco branco que eu não conseguia interpretar: era médica? Enfermeira? Técnica de laboratório? Que peso eu deveria dar às palavras dela? Ela abriu a minha pasta e disse: *Parabéns — temos boas notícias!* Depois sorriu afetuosamente e disse que meus ovários eram jovens, *como figos frescos*. Eu caí em prantos. Como o meu corpo poderia me trair desta forma? Ele não sabia nada sobre nós — sobre o que eu realmente desejava?

Saindo da clínica, estava quase entardecendo. O céu estava com hematomas, roxo, como um figo fresco. Então começou a chover.

Andando sob os andaimes de uma construção, pensei: Não. Você não vai congelar seus óvulos. Você tem que ser capaz de descobrir o que quer e fazer isso antes que o tempo acabe. O procedimento custava mais dinheiro do que eu tinha, e eu temia que os hormônios me fizessem mal, ou fizessem mal ao meu relacionamento com o Miles — me deixando emotiva demais para aguentá-lo, ou para que ele me aguentasse. A indecisão sempre esteve comigo, mas não queria que ela dominasse minha vida ainda mais. Congelar meus óvulos seria como congelar minha indecisão. Eu não poderia admitir essa fraqueza para mim mesma dessa forma tão concreta.

~

Talvez eu me sinta traída pela mulher dentro de mim que não consegue se decidir e seguir em frente com isso. Ou talvez me sinta traída por minha mãe, por não ter se dedicado a mim, criando essas memórias afetivas que precisam ser criadas para que um filho queira repetir esse processo. Ou talvez seja uma parte de mim mais profunda do que essas coisas — a minha contínua vontade de deixar a minha família e jamais participar de outra. Eu não cresci imaginando que, após deixar a minha família de origem, iria me libertar e começar a minha. Eu achava que alguém crescia e ia saindo da sua família, mais e mais a cada ano; que gradualmente íamos tentando conquistar independência — a própria liberdade e solidão nesse mundo.

Por toda minha vida, sempre que eu imaginava ter filhos,

nunca levava em conta os prazeres e as alegrias que isso traria. Tudo que eu podia ver era o sofrimento — a terrível dor de ter um filho, de se preocupar com ele e amá-lo.

Lembro como, na praia durante o verão passado, a filha de Miles e eu caminhamos na beira do mar. Eu estava decidida a conversar com ela sobre o motivo pelo qual eu e o pai dela provavelmente jamais teríamos um filho, já que no começo da viagem ela havia perguntado sobre isso, mas eu não soube o que dizer. Enquanto andávamos pela areia enroladas em nossas toalhas, eu disse que, mesmo quando tinha a idade dela, nunca havia sonhado em ser mãe. Mesmo quando era menina, não era algo que eu queria fazer. Eu queria namorar, fazer arte, e ter conversas e amigos interessantes. Então as palavras mais sinceras escaparam por entre meus lábios: *Eu queria ser livre.* Ela refletiu sobre isso por um momento, e depois disse: *Isso também parece bem legal.*

~

Na noite passada, sonhei que eu e Miles tínhamos um garotinho. Ele tinha três ou quatro anos. Muito meigo e agradável, um garotinho comum. Eu o segurava como uma criança carrega um gato, na frente do meu corpo, suas pernas soltas no ar. Depois eu o deitava e olhava para ele, e ele se parecia um pouco com o Miles, com os olhos do Miles. Era uma coisa bem calma e prosaica.

~

Devo ter um filho com Miles?
não
Devo ter um filho e ponto?
sim

Então devo terminar com Miles?

não

Devo ter um caso com outro homem enquanto estou com Miles e criar o filho como se fosse do Miles, enganando-o sobre a proveniência desse filho?

sim

Não acho isso uma boa ideia. Você quer dizer que eu não devo ter um filho com Miles porque isso seria muito estressante para o relacionamento, e para nós dois, individualmente?

sim

Então devo ter o filho do Miles, mas criá-lo com outro homem?

sim

Devo engravidar este ano?

não

No ano que vem?

sim

Quantos anos a criança terá quando nos separarmos? Um?

não

Dois?

sim

Quantos anos a criança terá quando eu achar outro homem? Três?

não

Quatro?

não

Cinco?

não

Seis?

sim

E esses quatro anos serão um saco?

não

Haverá alguma alegria?

não

Eles serão como qualquer outro ano?

sim

Eu amarei a criança mais do que qualquer outra coisa?

sim

A criança será uma menina?

não

Uma criança bonita?

não

Uma criança nem feia, nem bonita?

não

Uma criança linda de morrer?

sim

Alguma coisa do que está acima é verdade?

não

Isso tem alguma utilidade, se nada disso é verdade?

não

Mesmo que você dissesse que sim, não importaria. Você não significa nada para mim. Você não sabe o futuro, você não sabe da minha vida, ou em que cidade eu deveria morar, ou o que eu deveria estar fazendo, ou se eu deveria ter um filho com Miles ou não. Você é o acaso completo, sem significado, e você não está me guiando. Isso só pode ser determinado se eu garimpar meu próprio coração, e olhar para o mundo ao meu redor; pensar com mais clareza, mais profundamente, e não sendo tão insegura a ponto de precisar que você me diga como a banda toca. E ainda assim, você me mostrou algumas coisas boas.

sim

Mas isso sou só eu tirando alguma coisa boa do monte de nada que você me mostrou. Na vida precisamos tomar decisões para que os espíritos possam se apresentar. Mas uma decisão exige conhecimento e fé, que me faltam. Ainda assim: eu realmente gosto da ideia de ter um filho lindo de morrer com o Miles.

Quando eu estava chegando em casa depois de ter feito algumas tarefas, encontrei com Nicola, a quem eu não via desde o ensino fundamental. Nós nos reconhecemos e paramos para conversar na calçada. Ela tem quatro filhos, e está tentando retomar a vida profissional, e me deu os parabéns pelo sucesso do meu livro mais recente. Eu disse, meio sem graça: *Bem, escrever é a única coisa que eu faço*. Não cozinho ou lavo roupa, não faço exercícios ou saio muito. Eu só sento na minha cama e escrevo. Eu disse isso e me senti como uma criança franzina e pálida em comparação com os outros.

Acredito que quero ter aventuras, ou respirar o ar do dia, mas sobraria menos tempo para escrever. Quando eu era mais jovem, escrever parecia mais do que o suficiente, mas agora me sinto como uma dependente química, como se estivesse perdendo oportunidades na vida. Não ter filhos permite que se escorregue para dentro da areia movediça, para a decadência de não se fazer nada além de sentar em frente ao computador, digitando palavras. Eu me sinto como um desertor do exército, enquanto tantos amigos estão servindo — me refestelando no país que eles estão construindo, me escondendo em casa, uma covarde.

Quando Nicola soube que eu estava pensando em ter um filho, ela disse: *Você deveria passar tempo com pessoas que têm filhos, acompanhá-las e ver como é.* Eu pensei: *Eu não quero nem passar um segundo fazendo isso.*

~

No sonho da noite passada, eu olhava para baixo e meus peitos estavam caídos como os de uma velha. Então percebi que não eram peitos caídos, mas dois pênis flácidos. Quando contei o sonho para Teresa, ela respondeu: *Os peitos são a fonte da vida, enquanto os falos representam um poder criativo ou gerador — gerando trabalhos de cultura ou arte.*

Depois de desligar o telefone, me lembrei do meu primeiro fim de semana com Miles, no quarto que ele alugava na pequena cidade onde ele fazia faculdade de direito. Estávamos no chão, perto da lareira, e ainda não sabíamos que já estávamos juntos. Eu estava falando sobre meus ex-namorados decepcionantes, e ele disse: *Se você um dia precisar de alguém que seja forte por você...* e eu vi seu corpo sólido lá, se oferecendo para mim.

~

No dia seguinte, fui à casa de Nicola e sua bebê estava lá. Uma árvore de Natal se erguia no canto da sala de estar, com enfeites e guirlandas brilhantes, folhas de pinheiro ao redor. Ela me pediu que eu sentasse com a bebê — que ela encaixou na minha barriga, enquanto eu estava deitada no carpete. Depois foi para a cozinha e terminou de lavar a louça. Tomei conta da bebê da melhor maneira que pude, mas eu estava nervosa — eu não queria estar lá. Eu tinha outras coisas para fazer. Brinquei com os brinquedos dela, enquanto seus olhos de dez meses de idade assistiam. Depois, achei que deveria segurá-la, e a segurei de costas para mim, para que ela pudesse ver o mundo.

Quando Nicola terminou a louça, voltou para perto de mim e de sua bebê, segurando-a com o rosto virado para seu corpo, e a bebê parecia feliz, aconchegada. Eu fiquei aliviada porque Nicola havia voltado, pois logo poderíamos sair e conversar. Quando percebi o quanto eu estava ansiosa para sair, tive uma sensação ruim em relação à bebê, e me senti culpada.

Eu estava tão ansiosa para sair e fazer o quê? O que uma mulher — que não é mãe — está fazendo que é mais importante que a maternidade? Será que é possível dizer isso — que uma mulher pode fazer algo mais importante do que a maternidade? Conheço uma mulher que se recusa a ser mãe, se recusa a fazer a coisa mais importante de todas e, portanto, se torna a mulher que menos importa. Porém, mães também não são importantes. Nenhum de nós é importante.

~

Nas semanas seguintes, comecei a me sentir mal em relação à Nicola, ao mesmo tempo superior a ela e envergonhada. Por que eu acho que Nicola poderia se importar se eu não tivesse filhos? Viver de um jeito não é uma crítica a todos os outros jeitos de viver. Será que *essa* é a ameaça que a mulher sem filhos apresenta? Ainda assim, a mulher sem filhos não está dizendo que *nenhuma* mulher deveria ter filhos, ou que você — mulher empurrando o carrinho de bebê — fez a escolha errada. A decisão que ela toma para sua vida não é um discurso sobre a sua. A vida de uma pessoa não é um discurso político, ou geral, sobre como todas as vidas devem ser. Outras vidas deveriam correr paralelamente à nossa sem qualquer ameaça ou juízo.

~

Que burrice! Como eu pude estar tão errada a meu respeito por tanto tempo — imaginei que poderia ter o que a Nicola tem; um casamento, uma casa, filhos. Errei ao me enxergar como alguém que tinha todos os tesouros do mundo ao seu alcance, quando apenas um realmente está lá — escrever isso agora. Todas as minhas realizações são troféus, e são mais do que eu antecipei. Quando foi que comecei a pensar sobre a escrita como um atalho para uma vida burguesa? Que através dela eu poderia chegar lá e me manter lá? Quando me tornei tão gananciosa? Quando comecei a achar que eu merecia todos os tesouros? Ser uma mulher de trinta e oito anos e querer ser respeitada pelos mesmos motivos que Nicola é. Eu fui fazer compras com ela na *Dundas Street* e compramos algumas coisinhas bonitas. Ela me incitava a comprar ainda mais — um cantil de vidro, uma vela branca. Durante mais ou menos um mês, nossa amizade fez com que eu me sentisse normal, como se eu fosse como ela — na sua trajetória, sonhando com uma família. Mas na casa dela, enquanto seus três meninos corriam de um lado para o outro, percebi que havia posto minhas fantasias no lugar errado — elas me consumiam por dentro como uma doença. Confundi a vida de outra pessoa com aquilo que poderia ser a minha. Mas você não pode simplesmente pegar um engano e tentar construir uma vida sobre ele. Você não pode basear sua vida na visão equivocada de que você é alguém que poderia ter tudo — se ao menos se mantivesse no rumo. Mesmo que você pudesse ter *alguns* destes confortos, por algum tempo — convencer alguém a casar com você, ter um filho com você —, seria um erro, uma vida baseada em um engano a respeito de quem você é por dentro. Você não é alguém que possa capitanear um casamento e filhos, como Nicola consegue fazer. Veja a vida dela como um lindo transatlântico, uma linda embarcação a vapor que vai passando — veja essa vida enquanto ela acena para você do deque. Aquelas promessas e prazeres não são para você. Você se divertiu muito imaginando que eles poderiam ser seus, se martirizou remoendo isso: *Será que devo? Será? Devo escolher isso? Será?* Mas a verdadeira questão é: Você *conseguiria?* Não, você não conseguiria. Era só uma fantasia, a fantasia mais comum do mundo. As mulheres sempre te falarão sobre como fazer isso foi fácil. Mas você sabe pelo que deveria ser grata: por seguir esse finíssimo fio condutor da liberdade que é escrever. Isso é tudo que você sempre quis de verdade, então não jogue tudo fora em vão. Não jogue fora a possibilidade de ainda mais tesouros — que vão além do que lhe é devido. Nada lhe é devido, e o que você possui — essa vastidão de liberdade — não desperdice com uma aposta. Uma vida com casa, casamento e filhos não é melhor do que a que você tem agora. Ou talvez *seja* melhor — muito, muito melhor. Mas não é o seu lugar. Seu lugar é aqui. Não vá correr atrás do que não te pertence; não queira aquilo que *uma mulher* quer. Você não é uma mulher que usa um anel de brilhante — o tipo de mulher que, como Nicola, recebe o que quer de um homem. Por um mês, você pensou que poderia ser. É por isso que você estava tão ansiosa. *Essa poderia ser eu?*, você se perguntou. *Poderia? Poderia?* Não. Se você tivesse um filho, o abandonaria. Se você tivesse um casamento, o abandonaria. Você abandonou seu casamento. Você abandonou sua casa. Essas coisas não eram para você. Nicola disse: *Vocês deveriam ter um filho!* Mas ela foi enganada por seu corpo jovem o bastante, pela sua doçura e seus sorrisos. O mundo é menos perspicaz do que você pensa. O mundo é consideravelmente burro, e também é burro quando o assunto é você. Seja grata por ter o Miles, e por esse apartamento, e por ser capaz de escrever, que é a única coisa que você desejou, e deveria continuar a desejar. Só porque você conseguiu essa coisa, não quer dizer que você vai conseguir tudo. Uma coisa não é prenúncio de tudo.

~

Naquela noite, sonhei que atravessava um pequeno palco em frente a uma grande plateia, com uma toga de formatura improvisada, indo receber flores e um diploma. Atravessei o palco novamente, com lágrimas nos olhos, fui tomada por emoção. E me forcei a realmente *olhar* a plateia — *olhar* seu rosto. Eu não conhecia a maioria, e percebi que ninguém estava prestando atenção em mim. Pensei que era uma besteira ficar tão emocionada por causa de *um rito de passagem da classe média*.

SANGRAMENTO

Eu estava fazendo uma leitura em uma igreja, numa vila à beira de um lago. Caminhando por um belo bairro, passei por uma casinha que tinha, em seu gramado, uma placa de madeira feita à mão, com estrelas cadentes, uma lua e a palma de uma mão. Quando bati na porta, uma mulher de meia-idade surgiu. Usava um suéter cor-de-rosa e tinha o cabelo curto e claro. Ela me levou até uma mesa de carteado que estava posta junto à janela da frente. Sentei em uma cadeira de madeira de frente para ela, e ela cobriu a mesa com um pano de veludo azul-escuro.

Nunca fiz uma leitura nesse tecido antes, mas não gosto de fazer leituras em superfícies escorregadias, então isso ajuda.

Deu as cartas. *Está bem, o que está acontecendo na sua vida? O que está bom e o que não está bom? O que está funcionando e o que não está funcionando? Quando você descobrir, vai ajudar muito.*

Antes que eu pudesse responder, ela se levantou, foi até o sofá e pegou seus óculos de armação azul. Botando eles enquanto voltava, disse: *Desculpe, essas cartas novas são muito dramáticas. Preciso usar os meus óculos para vê-las.*

Quando voltou, respondi suas perguntas: *Estou meio triste e estressada, relativamente confusa e um pouquinho deprimida, como se eu não conseguisse começar nada, ou algo assim. Sinto como se a vida tivesse uma nova fase e eu não conseguisse chegar nela — me sinto meio presa na fase anterior. E o meu cérebro parece estar meio paralisado. E também estou descobrindo que, emocionalmente, as coisas estão meio complicadas com o meu namorado, e não consigo saber se o problema é ele mesmo ou se sou eu.*

Ela disse: *Ah, isso é bom. Quando você descobrir, vai ajudar muito mesmo.*

~

Escudo protetor! Sinto muito! — sinto que você não tem um escudo protetor. Muitas vezes eu me sento com as pessoas e não sinto nada, e digo para a pessoa: *O seu escudo protetor — você acha que ele é feito de tijolo ou é uma cortina? Ou acrílico? Você poderia fechar os olhos e imaginar que o está abaixando, por favor?* Depois que eles fazem isso, posso fazer a leitura, porque não consigo ler através de um escudo protetor. Mas você não tem um, o que ou significa que você também é médium, ou que você não tem uma fronteira.

Agora, a primeira carta é o Três de Paus. Você andou até o fim de alguma coisa, e você pensa que não tem aonde ir. Mas tenho a impressão de que você mesma se impôs esse fim. Talvez essa carta esteja dizendo que você andou até o fim do mundo real — do que é concreto. Está vendo? A mulher em pé no concreto? E, se você olhar — você está vendo como tem uma ponta no final? — quase como a ponta de uma máquina de costura? Ela aponta para um ponto no rio lá embaixo. Existe algo em você que sabe como continuar a caminhar, mas algo está lhe impedindo. E o que está lhe impedindo é... dor. Não sei que dor é essa. Mas não tem nada a ver com seu namorado. Ela estava lá antes de você conhecê-lo, e é uma dor silenciosa. Você não a sente todo dia, mas ela está lá o tempo inteiro. Talvez você seja porosa e essa dor não seja sua. Sua mãe tem uma dor?

Sim.

Bem, talvez você tenha nascido com a dor da sua mãe, como se tivesse sido implantada em você na forma de uma bola de energia. Sinto uma energia muito forte vinda de você e é como se, independentemente do que seja essa energia, você fosse um bebê crescendo dentro do corpo da sua mãe, e sua mãe tem essa bola de dor, ou tristeza, ou negatividade, e ela entra no seu corpo, e você nasce, e você está andando por aí com a dor e a tristeza da sua mãe sem nem saber! Mas ela está te corroendo.

Existe algum jeito de dizer: *Será que você poderia devolver essa bola de dor para o lugar dela, já que não é minha?* Como realmente dizer: *Estou devolvendo-a agora. E, por favor, se você puder devolva-a da forma mais sadia e mais carinhosa possível. Mas eu não a quero, ela não é bem-vinda, e ela não está me ajudando.* Então é isso. Eu acho que é isso que está fazendo seu caminho terminar...

A próxima carta é o Dez de Espadas — a carta mais dolorosa do baralho. Tem alguma coisa... pedaços seus... caindo. Mas olha! Estranhamente, o sangramento está subindo, não descendo. Não está saindo pela sua vagina ou descendo pelas suas pernas. Está subindo! Por que o sangramento está subindo? Amolecendo o seu cérebro? Essa é difícil... Preciso sentir a carta.

~

Enquanto ela sentia a carta, seus olhos se fecharam. Pensei: *Talvez o sangue que desce seja menstrual. Ele amolece o revestimento do útero. E o sangramento que sobe é o sangue do pensamento. Ele amolece o revestimento do cérebro.* Quando eu tinha treze anos, um ano antes de ficar menstruada pela primeira vez, frequentemente acordava no meio da noite e sentia uma comichão de sangue na minha garganta, como se estivesse começando a escorrer para baixo. Eu corria para o banheiro, a cabeça inclinada para trás, e metia uma porção de papel higiênico no meu nariz enquanto ele ficava cada vez mais molhado e vermelho, e depois substituía o papel, e substituía de novo, sentada na privada por toda a noite, tão longa, horas intermináveis em que não pensava em absolutamente nada.

~

Está bem, estou com algo na boca. Será que tem algo a ver com a sua voz? Quando você era pequena, conseguia pedir as coisas de que precisava para a sua mãe?

Acho que não.

E o que você comia quando era pequena?

Queijo cheddar e canja de galinha?

Desculpe. Não estou entendendo. Agora preciso olhar na bola de cristal. Está bem, espere aí. Estou ligando a bola... Estou indo devagar porque ela é nova, então talvez demore um minutinho... Está bem, agora eu vejo! Algo está pendurado, e está me deixando um pouco enjoada. Você está sentada em frente ao computador... mas o que isso tem a ver?

É isso o que eu faço o tempo todo.

Pornografia?

Não. Acho que estou só escrevendo.

Tem alguma coisa a ver com você estar de costas para o seu namorado quando ele está nesse quarto, e você está sentada no computador?

Bem, outro dia a gente discutiu, e eu estava no computador e ele estava em pé, atrás de mim.

Está bem. Olha, sei que isso soa muito esquisito e ridículo, mas está me vindo à mente, e acho melhor dizer o que me vem à mente. O homem com quem você está envolvida... acho muito estranho que ele frequentemente faça xixi sentado. Acho que não é muito másculo. Ele diz: *Assim eu posso conversar com quem estiver no quarto!* Mas é muito estranho que ele faça isso. Não sei por que estou ligando isso à sua história, mas tem algo a ver com uma pessoa estar de costas... porque seu namorado está querendo uma ligação com você — ele está botando para fora o treco que ele usa para fazer conexões, mas o seu só vai aparecer se você estiver conectada com você mesma. Então acho que a coisa mais importante para melhorar seu relacionamento seria você se conectar com você mesma profundamente.

Está bem...

E... Eu acho que estou vendo uma barriga de grávida de novo... Por que fico vendo...? Você falou sobre talvez querer um filho. E parece que daria certo se tivesse, e daria certo se não tivesse. Mas essa leitura é sobre se esforçar para passar sobre um muro gigantesco — e você precisa descobrir como se transformar. Acho que talvez você esteja querendo que a transformação seja a gravidez — mas, baseada em tudo que já vi sobre ter um bebê, quando o bebê chega, não é tão divertido quanto parece.

Bem, essa carta é a Morte — seu primeiro Arcano Maior. É a fênix queimando, o sangue queimando. Você sabe, sua criatividade está profundamente conectada a sua alma, nosso lugar mais profundo, a energia mais central. Eu pintei e pintei, e depois abri um negócio de retratos por encomenda, e um dia eu desabei e não conseguia mais fazer aquilo. Porque aqui estava o centro do meu coração, e comecei a conectá-lo com pagar as minhas contas, e então um imbecil filho da puta aparece e diz: *Mas o nariz do meu filho não é assim!* Será que a sua expressão artística não está te fazendo perder sangue?

Talvez?

Olha, meu bem, acho que você está prestes a se queimar pra valer — e você tem que deixar rolar. Você precisa concentrar seus esforços, e realmente se jogar naquele espaço profundo.

Mas isso vai destruir a minha vida?

Não, não! Não vai destruir a sua vida. Não se preocupe. Não vai destruir a sua vida de jeito nenhum. Agora, essa é a carta da Lua. Isso mostra que isso realmente *está* ligado a um lugar doloroso do passado, em que a sua mãe está deprimida. A carta da Lua tem a ver com o que escondemos — o que está causando a sua dor, bloqueando seu relacionamento, sua arte, bloqueando sua própria paz. Essa carta está quase perguntando: Será que você consegue olhar para esse canto da sua vida? Será que você pode dizer: *Vou entrar nesse quadrante lunar desconhecido dentro de mim.* Tudo se resume a entrar, dar uma olhada, e apenas reconhecer a verdade daquilo. *Qual é a verdade que está neste quadrante?* Ele é só uma parte! A parte que ninguém vê.

E a sua última carta, a dos resultados, é... o Sete de Ouros! Esta é uma boa carta de resultados! Ela significa: *Estou recomeçando com algo novo e maravilhoso. Olha só o que você vai gerar!* Pedaços de frutos belos e radiantes — seja lá o que isso for. E a luz está brilhando através deles. A luz rosada é deslumbrante, *deslumbrante*! Talvez essa perda de sangue possa trazer algo bonito.

Refiz meu caminho pelas ruas e voltei para o quarto do hotel. Imediatamente fui ao banheiro, e vi que estava sangrando na minha calcinha branca, como já desconfiava.

Você consegue se acostumar com qualquer coisa nessa vida, mas sangue saindo da sua vagina uma vez por mês não é qualquer coisa. Penso: *Não é uma burrice o meu corpo ter feito isso de novo? Será que ele nunca vai aprender? Será que ele nunca vai se tocar? Não*, ele responde: *Será que você nunca vai se tocar?* Se eu prestasse mais atenção ao sangramento, talvez me tocasse. Mas não presto: lido com ele e ele passa. Será que um dia sentirei falta dele, quando ele passar de vez? Por que o meu corpo fica repetindo isso todo mês dentro de mim, quantas oportunidades será que eu posso perder? Será que eu realmente sou tão burra assim? Eu me importo tão pouco com o que ele quer. Abandono e negligencio tanto este animalzinho dentro de mim, que executa seu trabalho tão bem e diligentemente — esse pequeno útero, esses ovários pegajosos, essas trompas de falópio e esse meu cérebro. Ele não faz ideia de que eu não preciso de nada disso. Ele simplesmente continua trabalhando. Se ao menos eu pudesse falar com ele e dizer para ele parar. Para quem ele está fazendo isso, se não por mim? E o que eu faço por *ele*? Eu enxugo seu sangue. Depois enxugo de novo. Nunca me sinto grata. Não gasto nem um segundo pensando em cada óvulo que espera — o óvulo esperançoso, e depois triste, quando não engravido e ele é liberado em meu corpo, confuso como a garota para quem ninguém liga, que os garotos ignoram, que nunca é convidada para as festas. Então um dia, todos na escola descobrem: Ela está morta. *Como assim? Aquela menina que todos nós ignorávamos?* Sim.

Uma vez Miles me disse que, na minha menstruação, eu sangro menos que qualquer outra mulher com quem ele já ficou. Com as outras mulheres, sempre que eles transavam enquanto ela estava menstruada, o sangue acabava subindo até o meio da barriga dele e descendo até o meio das coxas. Comigo, mal fica uma mancha.

Será que isso significa que meu útero é pequeno, eu disse, na única vez em que ele comentou isso.

Ele só deu de ombros. Para ele, não significava nada. Ainda assim, uma hora depois, eu estava presa no espaço entre a ideia de que eu deveria ser uma mulher realmente refinada para sangrar tão pouco, e a de que eu talvez nem fosse uma mulher de verdade.

Voltando da vila para casa, me senti como se estivesse percebendo pela primeira vez o quanto as pessoas me incomodam. Todas as pessoas no trem faziam com que eu me sentisse inferior, tímida e confusa — agredida e constrangida. Quando um homem mais velho sorriu para mim, senti que era importante não olhar para ele. Um grupo de homens parecia muito interessado em duas irmãs. Quando uma delas soltou o cabelo, que desceu até os ombros, ficou ainda mais bonita. Depois, ela prendeu o cabelo de novo. Ela usava tênis, uma jaqueta de couro e jeans. As irmãs estavam maquiadas e, ainda assim, também havia algo de masculino nelas. Seus lábios eram brilhantes e bem desenhados.

Pensei sobre como a vida nas cidades era apenas um tipo de vida, e como as estruturas que criamos são estáticas e pouco complexas. Elas não cintilam como as relvas secas nas encostas ou as folhas nas árvores. A cidade não apresenta tantos exemplos das coisas impossivelmente distantes e das coisas impossivelmente próximas. No campo, temos a proximidade da relva quando nos deitamos sobre ela, e a enorme vastidão do mar se estendendo até o céu. Na cidade, todas as coisas são iguais em significância, pois tudo está igualmente próximo. A verdadeira perspectiva é praticamente impossível. Os prédios não oscilam com o vento, então é mais difícil que nossas ideias oscilem. Você não pode passar horas olhando um prédio, enquanto, na natureza, você pode passar horas olhando qualquer coisa, porque a natureza está viva e sempre mudando.

FOLICULAR

Durante a Idade Média, Barcelona foi governada por uma oligarquia de nobres, mercadores, comerciantes e artesões, que formaram o Conselho dos Cem. Esse conselho tinha que responder ao rei, mas o rei não tinha autoridade absoluta. Entendia-se que sua autoridade vinha de um contrato, não por direito divino. Os líderes do conselho lhe prestavam um juramento: *Nós, que somos tão bons quanto você, juramos a você, que não é melhor do que nós, que lhe aceitaremos como nosso rei e soberano, desde que você respeite todas as nossas liberdades e leis — mas se não, não.*

Foi daí que R. B. Kitaj tirou o título de sua pintura sobre Auschwitz, *Se Não, Não*. Que ideia de *não não* é essa?

Você vai ter um filho? Se eu tiver, terei — e se não, não. Eu... que sou tão boa quanto você... te aceito... desde que você respeite... todas as nossas liberdades. E eu não quero que "não mãe" faça parte de quem eu sou — que a minha identidade seja a negativa da identidade positiva de outra pessoa. Então, talvez, em vez de ser uma "não mãe", eu possa ser uma *não* "*não mãe*". Eu poderia ser *não não*.

Se sou *não não*, então sou o que sou. Duas negativas se anulam e eu simplesmente sou. Sou o que positivamente sou, pois o *não* antes do *não* me protege de ser apenas uma *não* mãe. E para aqueles que diriam: *Você não é mãe*, eu responderia, "Na verdade, eu sou uma não *não* mãe". E com isso quero dizer que eu *não* sou "*não mãe*". Ainda assim, alguém que é chamada de mãe poderia dizer: "Na verdade, eu não sou uma não mãe". O que significa que ela é mãe, pois um *não* anula o outro *não*. *Não não* é algo que mães podem ser e mulheres que não são mães podem ser. Esse é um termo que podemos dividir. Assim, podemos ser todas iguais.

~

Essa noite eu estava lendo uma história sobre Baal Shem Tov — um dos rabinos sagrados do século XIX —, na qual a filha de Baal Shem Tov pede que seu pai diga o nome do homem com quem ela se casará, e que diga se ela será mãe. O pai então dá uma festa, durante a qual seu marido é revelado. A história termina dizendo que ela teve dois meninos e uma menina, e dá os nomes dos meninos, contando o que eles se tornaram quando cresceram, mas o nome da filha não é revelado, assim como o que ela se tornou quando cresceu (provavelmente uma mãe). Deixando o livro de lado, percebi que durante quase toda a história bastava para os homens que as mulheres existissem e dessem à luz homens e os criassem. E se uma mulher dava à luz uma menina, tudo bem, com sorte essa menina cresceria para dar à luz um homem. Era como se toda minha preocupação quanto a ser mãe se resumisse a essa história — essa sugestão de que uma mulher não é um fim em si mesma. Ela é o fim para um homem, que crescerá e será um fim em si mesmo e fará alguma coisa no mundo. Enquanto a mulher é uma passagem pela qual um homem pode vir. Sempre me senti como um fim em mim mesma — não é assim com todo mundo? —, contudo talvez essa profunda linhagem de mulheres que não eram vistas como fins, mas como uma passagem através da qual um homem pode vir, faz com que eu duvide que ser um-fim-em-mim-mesma é o bastante. Se você se recusa a ser uma passagem, há algo de errado. Você precisa pelo menos *tentar*.

Mas não quero ser uma passagem através da qual um homem possa vir, e existir no mundo da forma como ele bem entender, sem que ninguém duvide de que ele está certo.

~

Há esquilos nas paredes ali, ou camundongos. Enquanto escrevo, posso ouvi-los se mexendo, roendo as entranhas das paredes. Posso ouvir seus pequenos dentes mastigando. Estão comendo o isolamento, ou a madeira, ou o cimento, ou o que quer que esteja dentro dessas paredes.

~

Se eu considerar a possibilidade de criar uma criança na minha própria casa e disser que isso é o que eu escolhi *não* fazer, o que foi que escolhi, se é que escolhi algo? A linguagem não abarca essa experiência. Portanto, não é uma experiência sobre a qual podemos falar. Mas eu quero uma palavra inteiramente independente da tarefa de criar filhos que possa usar para pensar sobre essa decisão — uma palavra sobre o que *é*, não o que não é.

Mas como descrever a ausência de algo? Se me recuso a jogar futebol, o fato de eu não jogar futebol é uma experiência de se jogar futebol? A minha falta de experiência maternal não é uma experiência da maternidade. Ou é? Posso chamá-la de maternidade também?

Qual a atividade principal da vida de uma mulher, se não a maternidade? Posso expressar a ausência dessa experiência, sem que a falta seja o seu cerne? Posso dizer que tipo de experiência essa vida é *sem* relacioná-la com a maternidade? Posso dizer o que ela é *positivamente*? É claro, é diferente para cada mulher. Então será que posso dizer o que é positivamente para mim? Porque eu ainda estou em um lugar de indecisão, sem saber o que quero. Eu ainda não dei à luz essa pessoa que, pela forma como vive, se compromete positivamente com valores não parentais quando decide determinantemente não ter filhos, e tão pouco posso me comprometer com a experiência maternal da vida.

Talvez, se eu pudesse de alguma forma descobrir do que é feita a experiência de *não ter um filho* — conseguisse transformar isso em uma ação ativa, em vez da ausência de uma ação —, eu saberia qual experiência estou tendo, e não sentiria tanto a sensação de que estou esperando para agir. Eu seria capaz de decidir a minha vida e segurar a minha decisão em minhas mãos, mostrá-la para os outros e chamá-la de minha.

~

Sempre senti inveja dos homens gays que conheci e que falavam sobre terem se assumido. Sempre senti que eu também deveria me assumir — mas assumir o quê? Nunca consegui determinar com certeza. Vejo os fantasmas do tipo de pessoa que eu era, e fantasmas do tipo de pessoa que eu não era. Queria poder dizer para mim mesma — *Quando eu tinha seis anos de idade, eu já sabia. Algumas pessoas me criticaram muito, mas eu me sinto bem melhor agora. Eu me sinto tão melhor desde que me assumi. A minha vida agora é realmente minha.*

~

Temo que, não tendo filhos, não parece que você fez uma escolha, ou que você está fazendo qualquer coisa além de continuar — à deriva. Talvez as pessoas que não têm filhos sejam vistas como aquelas que não progridem, mudam e crescem, ou têm histórias que nascem de outras histórias, ou vidas em que o amor e a dor estão sempre se aprofundando. Talvez elas tenham ficado paradas em um lugar — um lugar que os pais deixaram para trás.

O que as pessoas que não querem filhos escolheram muitas vezes se parece com aquilo que os que são pais já viveram — apenas uma continuação da vida anterior a terem filhos. É algo muito parecido com não ter procriado *ainda*. Pode parecer que você ainda não decidiu, ou até que está tentando ter um filho. No entanto, aqueles que não querem ter filhos estão vivendo uma coisa positiva. Mas como eles poderiam dizer que coisa é essa, quando os que são pais sentem que eles também já viveram essa vida e a conhecem bem? Mas muitos deles tiveram essa vida sem escolhê-la, ou a viveram sabendo que ela acabaria um dia.

~

Algumas pessoas tentam imaginar como seria não ter filhos — e o que elas veem é uma imagem de si mesmas sem filhos, em vez de imaginar a pessoa que elas talvez nunca sejam. Elas projetam a sua própria tristeza potencial, que imaginam que sentiriam se não tivessem essa experiência, naqueles que jamais desejaram tê-la. Uma pessoa que não consegue entender por que alguém não quer ter filhos só precisa pegar seus sentimentos pelos filhos e imaginá-los direcionados para outro lugar — para uma vida cheia de esperança, propósito, promessas e cuidados.

Por que não vemos algumas pessoas que não querem filhos como pessoas que têm uma orientação diferente, talvez biologicamente diferente? Não querer ter filhos pode até ser encarado como uma orientação sexual, pois nada está mais ligado ao sexo do que o desejo de procriar, ou não procriar. Suspeito que a intensidade desse desejo está inscrita em nossas células mas, além disso, há tudo que a cultura acrescenta, e que os outros acrescentam, e essas coisas confundem nossos desejos inatos. Posso me lembrar de quando eu era pequena e perceber que naquela época eu não queria ter filhos. Eu me lembro de sentar na mesa da cozinha com toda a minha família e de repente saber que eu nunca seria mãe, porque eu era — *existencialmente* — uma *filha* e seria assim para sempre.

~

Sei que se espera que as mulheres judias reponham as perdas geradas pelo Holocausto. *Se você não tiver filhos, os nazistas terão vencido.* Já senti isso. *Eles querem nos extinguir da face da terra e não devemos permitir isso.* Então como posso imaginar *não* ter filhos, e contribuir para a nossa extinção por egoísmo? Entretanto, não me importo de fato se a raça humana se extinguir.

Em vez de repovoar o mundo, não seria melhor dizer: A *nossa história nos mostrou os extremos da crueldade, do sadismo e do mal. Então, em protesto, não faremos mais pessoas — sem pessoas pelos próximos cem anos! — em retaliação aos crimes que foram cometidos contra nós. Não geraremos mais agressores, nem vítimas, e assim faremos algo que preste com nossos úteros.*

Ontem à noite, saí para jantar com a minha amiga do ensino médio, Libby. Ela recentemente descobriu que estava grávida, e isso não lhe trouxe sequer um momento de alegria. Seu relacionamento não era sério, mas de repente se tornou. Eles tinham começado a procurar um apartamento. Enquanto ela falava, percebi como aquilo seria uma armadilha — como o filho a prenderia a seu namorado novo em uma vida nova. Os andaimes já se erguiam ao redor dela, como uma cidade crescendo, em alta velocidade. Os arranha-céus subiam rapidamente; um namorado novo, um bebê novo, sogros novos, uma casa nova. As paredes estão se erguendo ao seu redor enquanto o bebê cresce dentro dela.

~

Todas as vezes que ouço que uma amiga vai ter um bebê, sinto como se estivesse sendo encurralada por uma força ameaçadora, cada vez mais acuada. Você sabe que os bebês não continuarão aparecendo para sempre, mas agora bebês caem ao seu redor como um granizo pesado, ou como qualquer coisa que atinja a terra e forme uma cratera muito maior do que a coisa que a causou. Há crateras, crateras por toda parte, e nenhum lar está a salvo dessas bênçãos, desses punhadinhos de pó estelar, desses bebês de quinhentos quilos que estão apontados diretamente para a terra.

Sempre pensei que minhas amigas e eu estávamos entrando juntas no mesmo território, um território sem filhos no qual faríamos um milhão de coisas juntas para sempre. Eu achava que as nossas mentes e almas foram forjadas na mesma fôrma, e não que elas estavam esperando o momento certo para abandonar o bote, que é como eu me sinto conforme elas me abandonam aqui. Eu não deveria ver isso como abandono, mas seria errado dizer que não é uma perda, ou que não fico espantada com minha solidão. Como pude pensar que éramos todas iguais? Será que foi por isso que comecei a pensar em ter filhos — porque, de pedaço em pedaço, o campo de gelo sobre o qual todas nós estávamos foi se quebrando e diminuindo, me deixando sozinha nesse minúsculo pedaço de gelo, que eu achei que seria para sempre vasto, como um grande continente em que todas nós ficaríamos? Nunca pensei que só eu ficaria aqui. Sei que não sou a única que ficou, mas como posso confiar nas poucas que restam, quando estava tão enganada a respeito das outras? Essa desistência em massa me abalou. Será que elas um dia realmente tiveram a intenção de ficar nesse continente sem filhos, e depois mudaram de ideia? Ou será que elas nunca tiveram a intenção de ficar, e eu me enganei totalmente a respeito delas?

Esse festival de reprodução é um ultraje, eu o vejo como desprezo pelos viventes — como se não nos amassem o bastante, nós, os bilhões de órfãos já vivos. Essas pessoas se voltam de braços abertos para uma nova vida, esperando criar uma felicidade maior do que a que têm, em vez de cuidar dos já-vivos. Não está certo, faltou gentileza. Quando tudo que se vê são bebês chorando, minhas amigas vão lá e fazem mais um!, mais uma nova luz no mundo. É certo que estou *feliz* por elas, mas estou desolada pelo resto de nós — por este verdadeiro chute na cara, essa deserção aliviada e alegre. Quando uma pessoa tem um filho, ela se volta inteira para esse filho. O resto de nós ficamos de fora, no frio.

OVULANDO

Quando eu saía do chuveiro, enrolada na toalha, esta manhã, encontrei Miles no meio do quarto, se vestindo. Ele sorriu, balançou os dedos e cantou a canção sobre os dois pássaros que me amam.

Na semana passada, ele me deu o casaco mais lindo, e essas tulipas sobre a mesa de cabeceira, e ele faz o jantar para mim, e no mês passado, quando eu estava doente de cama, ele me deu três barras de chocolate, seis garrafas de água com gás e um remédio fitoterápico para tosse, e um remédio de verdade para tosse, e desenhou muitos corações gorduchos na parede ao lado da cama. Eu não posso evitar dizer isso, mas sinto que encontrei o meu verdadeiro amor.

Transamos na noite passada. Parece que sempre no dia em que ovulo Miles quer me comer. O corpo dele percebe de alguma forma.

Marie Stopes, que batalhou pela reforma dos métodos contraceptivos no começo do século XX, escreveu que casais heterossexuais não entendiam nada sobre sexo: eles seguiam um cronograma baseado nos ritmos regulares do corpo masculino, não nos ritmos oscilantes da fêmea. Ela disse que o tempo deveria ser ditado pelo corpo da mulher: durante a semana da ovulação, os casais deveriam transar diariamente, ou diversas vezes ao dia, e depois abster-se pelo resto do mês. As semanas de abstinência intensificariam o desejo e permitiriam que o casal se focasse em outras tarefas. Uma vez propus isso para Miles como uma experiência interessante, ele concordou, mas nunca fizemos.

Transando, mas já bem sonolentos, no meio da noite, fiquei com medo de que Miles acidentalmente gozasse dentro de mim. De repente, aquilo me pareceu uma pena de prisão — uma coisa terrível que se abateria sobre nós, sem retorno, o oposto do meu desejo, toda a esperança esvaída. Eu vi nós dois, com nossos sonhos destruídos.

Já fiz tantas coisas para evitar isso — incluindo um aborto, pílula do dia seguinte em diversas ocasiões, e só escolher homens que não queriam filhos, ou pelo menos nunca ficar com um que realmente quisesse.

Além do mais, existem tantos tipos de vida para dar à luz neste mundo, fora a vida humana literal. E existem crianças em toda parte, e pais precisando de ajuda em toda parte, e tanto trabalho a ser feito, e vidas a serem afirmadas, que não necessariamente são as vidas que escolheríamos caso começássemos tudo outra vez. O mundo precisa de uma mãe. Não preciso inventar uma vida nova em folha para que minha vida tenha o calor que eu imagino que a maternidade traria. Em toda parte existem vidas e deveres que estão clamando por uma mãe. E essa mãe poderia ser você.

~

Na verdade, a coisa mais difícil é *não* ser mãe — se recusar a ser a mãe de quem quer que seja. Não ser mãe é a coisa mais difícil do mundo. Há sempre alguém pronto a se meter no meio do caminho que leva uma mulher a sua liberdade, percebendo que ela não é mãe, tentando transformá-la em uma. Sempre haverá um homem ou outro, ou sua mãe e seu pai, ou alguma jovem ou algum jovem que se mete no meio da sua luminosa e cintilante estrada para a liberdade, e se adotam como filhos, forçando-a a ser sua mãe. Quem vai engravidá-la agora? Quem irá surgir, fincar os pés diante dela, e dizer com um sorriso: *Oi, mãe!* O mundo está cheio de gente desesperada, pessoas solitárias e meio desarranjadas, pessoas sem solução e pessoas carentes com sapatos que fedem e meias esburacadas que fedem — pessoas que querem que você faça com que tomem suas vitaminas, ou precisam do seu conselho a todo momento, ou que simplesmente querem conversar, tomar uma cerveja — e te persuadir a ser a mãe deles. É difícil perceber quando está acontecendo, mas antes que você perceba — aconteceu.

~

O problema mais feminino que existe é não se conceder tempo ou espaço o bastante, ou não se permitir isso. Nós nos espremos todas para entrar nos momentos que nos concedemos, ou os que nos foram concedidos. Não nos esparramamos no tempo, languidamente, mas nos concedemos os menores lotes de tempo para, mal e parcamente, existirmos. Deixamos que todos nos ocupem. Tratando-se de tempo e espaço, somos avarentas com nós mesmas. Mas ter filhos não gera a distribuição de tempo e espaço mais avarenta de todas? Ter um filho soluciona esse ímpeto de não se dar nada. Transforma esse ímpeto em uma virtude. Se alimentar por último por abnegação, se encaixar nos menores espaços na esperança de ser amada — isso é algo inteiramente feminino. Ser virtuosamente avarenta consigo mesma em troca de amor — ter filhos te leva a isso mais rápido.

Quero ocupar todos os espaços do tempo que eu puder, me esparramar e vagar sem rumo, e me conceder os maiores lotes de tempo para não fazer nada com eles — deixar que minhas obrigações caiam por terra, não responder a ninguém, não agradar a ninguém, deixar todos esperando, grosseiramente, e não tentar cair nas boas graças de ninguém; não acumular bons modos que seriam distribuídos para basicamente qualquer um na esperança de ser agradável, para que eu não seja expulsa da sociedade, como temo que serei caso não me comporte cautelosamente, como uma boa criada.

Por isso sou nostálgica da minha adolescência. Porque naquela época nem passava pela minha cabeça ser gentil com os outros. Olho para trás e vejo aquela época como um momento de grande liberdade — mas *essa* era a grande liberdade, o fato de que eu não me importava. Eu não posso me importar mais do que já me importo. Sinto que acabaria comigo. Ter filhos é *agradável*. Ser *não agradável* seria uma grande vitória. Um filho é a coisa mais agradável do mundo. Será que um dia eu vou querer ser tão agradável assim?

TPM

As semanas passaram, e as lágrimas, mais uma vez, estão de volta. O que devo fazer com essa infelicidade? Será que a cartomante tinha razão: essas lágrimas foram implantadas em mim antes de eu nascer?

sim

Devo amá-las?

não

Aceitá-las?

não

Tentar entendê-las?

sim

Através da escrita?

sim

Por quê? Para superar?

sim

A minha tristeza está relacionada ao demônio dos meus sonhos?

sim

Então devo continuar lutando. Preciso pedir a bênção do demônio-anjo e entender como eu dependo dos outros. Se eu reconhecer a minha dependência, verdadeira e profundamente, os
sentimentos ruins vão desaparecer?
não
Não, mas pelo menos eu estarei ao lado da verdade?
sim.

~

Eu e Libby jantamos juntas ontem à noite. À medida que a
noite passava, ela foi ficando cada vez mais chateada comigo.
Ela se disse ansiosa por ver que meu trabalho estava progredindo, enquanto o dela se acumulava. Com seu cérebro-de-grávida,
ela tinha certeza de que todo mundo que ela conhecia a deixaria
para trás e ela nunca mais trabalharia ou produziria qualquer
coisa. Ela estava muito chateada. Disse para eu fazer menos coisas. *Pare de fazer coisas!*, ela disse.

Depois, quando contei a Miles o que ela tinha dito, ele não
ficou surpreso. *Está vendo? Não faz bem — essa pressão que as
suas amigas fazem para você ter filhos. Elas querem você no mesmo barco que elas. Elas querem que você fique em desvantagem,
como elas.* Ele reiterou que não valia a pena — ter filhos. Ele
designou isso como *a maior farsa de todos os tempos*.

Libby estava muito assustadora ontem à noite. Disse que
estava enlouquecendo. Discordei, mas eu podia ver, e também
fiquei cada vez mais assustada. Vi como ela poderia mudar de
vez — se tornar ainda menos parecida com a pessoa que eu conheci. Disse que o cérebro dela estava sendo apagado para que
ela pudesse aprender a amar uma nova pessoa. Disse que é isso
que acontece quando as pessoas engravidam, ou quando se apai-
xonam — é como se elas ficassem com amnésia, assim novas

conexões podem ser criadas. Ela falou comigo num sonho dentro de um sonho e disse coisas horríveis. *Pare de fazer coisas! Você fica fazendo coisas!*, ela gritou. O corpo dela estava fazendo uma coisa, ela admitiu, mas *ela* não estava. Eu disse que eu não estava fazendo nada, mas ela não acreditou em mim.

Passei todo o dia seguinte deitada na cama, com as persianas fechadas, desesperada e entorpecida. Só me levantei quando escureceu. Até aquele jantar, nunca vira qualquer sinal de mudança nela. Suponho que eu estava vivendo em uma fantasia. Talvez nós duas estivéssemos. Eu não poderia contar a ela o que eu vi. Senti que ela precisava *me* expulsar do coração dela, assim haveria mais espaço para seu filho crescer.

Estou me sentindo péssima hoje — tão cansada. O dia começou com uma briga, com Miles aparentemente me ignorando. Quando ele faz isso, me parece que ele está tentando provar que não me ama. Então chorei, e ele ficou com raiva. Depois fui dar uma volta e me senti mal na rua, então voltei para casa e me senti mal aqui. Agora estou sentada em minha mesa, e ainda estou me sentindo mal. Vai ser um dia longo cheio de sentimentos ruins. Eu me sinto tão desgastada e miserável, como sempre acontece quando brigamos. Apenas se lembre: você jamais se lembrará da tristeza que está sentindo agora. Você nem vai se lembrar dela. Ela será como todos os outros momentos da sua vida — passados. E a tarde, também, quase já passou.

Não há nenhuma novidade nesse momento. Não há nada de novo no fato de que as nossas vidas não seguiram o curso que imaginávamos. Não há nada de novo no fato de que os grandes sonhos que tivemos para nossas vidas não se transformarão em realidade.

Às vezes é difícil entender o que estou fazendo nessa vida,

porque eu vivo por coisas tão estranhas. Talvez sejamos capazes de fazer as escolhas certas antes de termos entendido completamente seus motivos. Preciso aceitar que as minhas escolhas são as corretas, mas por motivos misteriosos. Ou talvez sejam as escolhas erradas, mas pelos motivos certos. Ainda assim, nós não vivemos *pelos motivos certos*, nós vivemos pelos nossos próprios motivos. Quando descobrirmos quais motivos são esses, todas as nossas escolhas farão sentido.

No meu sonho da noite passada, ouvi essas palavras: *Se você quer saber que vida é a sua, destrua tudo e se afaste e veja o que irá se reerguer. Se o que se reerguer for igual ao que havia antes, então você saberá que a sua vida é basicamente o que ela pode ser. Que as coisas não poderiam ser muito diferentes daquilo.*

~

Eu sei que não existe diferença entre uma pessoa com filhos e uma pessoa sem — que ter ou não ter um filho é só uma parte do que aconteceu com elas, ou o que o tempo e o mundo fizeram acontecer com elas, e é claro que elas fazem parte do mundo, assim como a pessoa com quem estão, e a pessoa com quem não estão, e sua cultura, e seus pais, e seu trabalho, e seus corpos, e quanto dinheiro elas ganham, e o bebê que chegou, ou não chegou, ou morreu. Para mim, o mundo não é mais tão binário como era antes, com os pais de um lado, e os não pais do outro. Ver uma pessoa com um filho não me diz nada sobre a vida que ela tinha em mente, ou que tem em mente agora, assim como ver alguém sem filhos não me diz nada sobre a vida que *ela* tem em mente. A vida acontece para cada um de nós, igualmente, com todas as forças do acaso e do planejamento, e quaisquer que sejam as forças que agem sobre uma vida humana. Podemos apenas tentar adivinhar o que elas são, mas ainda não as conhecemos.

Então não faça perguntas sobre coisas imprevisíveis. Sempre que você não consegue achar uma resposta é porque a resposta não tem tanta importância dentro da trajetória mais ampla das coisas. Se algo pode ser discutido infinitamente sem que nunca se chegue a uma resolução, isso *não pode* importar. As coisas que não podem ser discutidas são as coisas que mais importam. Para alguns, não se pode discutir se eles terão filhos, mas para aqueles que acham que isso *pode* ser discutido, a vida provavelmente será boa caso tenham filhos ou não. Então, se não importa para você, e não importa para o mundo, faça o que é melhor para o mundo e não tenha filhos.

Nascer não é algo intrinsicamente bom. O filho não sentiria falta de sua vida se não a tivesse. Nada é tão prejudicial para o mundo quanto mais uma pessoa — e nada é tão prejudicial para uma pessoa quanto nascer. Se eu realmente quisesse ter um bebê, o melhor seria adotar. E seria ainda melhor dar o dinheiro que eu gastaria com a criação de um filho para uma dessas organizações que fornecem camisinhas, contraceptivos, educação e abortos para mulheres que não podem pagar por essas coisas, salvando suas vidas. Isso seria uma contribuição mais valiosa para o mundo do que acrescentar mais uma pessoa problemática, vinda do meu próprio útero problemático.

~

Às vezes acho que, ao não querer filhos, estou me preparando para minha velhice. Eu sei como quero que minha velhice seja mais do que eu sei qualquer outra coisa: uma casa simples, uma vida simples, sem ninguém precisando de mim para nada, e sem que eu precise de ninguém, como eu preciso agora. Se uma pessoa tem filhos, tem preocupações até morrer. Ou tem inveja de suas vidas jovens — alguém com quem podem se comparar. Como minha mãe me disse certa vez, a meu respeito: *Não há ninguém que faça eu me sentir tão velha.*

~

Quando minha mãe era menina, ela sonhava em ser florista, fotógrafa ou patinadora, mas a mãe dela insistiu que ela fizesse faculdade e se tornasse uma profissional. Viver os sonhos dos seus pais não é tão estranho, se os sonhos deles são inviáveis por algum motivo.

Eu me lembro de quando era bem pequena, e minha mãe me mostrava lâminas através do seu pesado microscópio de metal: sangue e fígado, rins, o coração. As lâminas eram tingidas de roxo e rosa, e revelavam todos os lindos padrões da natureza, como o desabrochar das flores que ela amava, ou os círculos que uma patinadora corta no gelo enquanto gira. Ela se sentava à mesa da sala de jantar com suas lâminas espalhadas ao seu redor, depois me botava de pé sobre uma cadeira e direcionava meus olhos para o visor para que eu visse. Ela dizia: *Isso é o seu sangue.* Para mim era incrível que aquelas pequenas rosquinhas separadas, todas elas meigas à sua maneira, e cada uma delas com um formato levemente diferente das outras, fosse o meu sangue de verdade. Depois ela arrancava um fio do meu cabelo e o botava sob o microscópio. *E isso é o seu cabelo.* Será que aquele caniço oco poderia ser o meu cabelo de verdade? Minha mãe conseguia ver as menores partes de tudo. Havia poder na forma como minha mãe conseguia enxergar.

~

À distância, posso ouvir as batidas de um martelo, vozes de crianças e a voz de uma mulher. O sol de inverno ilumina o quarto. Acima, um avião. Um pássaro em uma árvore grasna suas exigências, depois grasna mais gentilmente. Os dias estão ficando frescos.

Miles, no banheiro, bate coisas contra a pia. Um carro estaciona perto da minha janela e posso ouvir seu motor morrendo. Miles canta suavemente enquanto caminha pelo corredor, depois limpa sua voz: *Ah, desculpa. Você está trabalhando?* Logo mais eu vou até o corredor para me despedir dele por hoje. Posso ouvi-lo abrindo e fechando suas gavetas. O motor do carro ainda está morrendo, o martelo ainda está martelando. O assoalho range sob os pés dele.

No meu sonho da noite passada, várias mulheres que se aproximavam do fim de seus anos férteis passavam o tempo sentadas em sofás, juntas. Eram bonitas e fascinantes, mas não tinham muito em termos de filhos ou homens, e seu poder e sua independência vinham disso, assim como suas perdas e sua superficialidade, sua leveza e seu vazio.

Muitas pessoas barganham com suas situações. Elas desconfiam que, se abrirem mão de algo voluntariamente — algo que querem —, o universo, em retribuição, irá compensar essa renúncia. Mas o universo não brinca de fazer permuta, e frequentemente o que se perdeu está perdido de vez.

Será que serei uma daquelas mulheres que, aos quarenta, subitamente quer um bebê? Ninguém quer ser uma daquelas mulheres — constatar o que se quer quando é praticamente tarde demais. Quem quer ser vista pelo mundo como alguém que estava errada a respeito de algo tão fundamental? No entanto, essa ameaça paira como uma bigorna que vai cair sobre a minha cabeça para gargalhadas gerais. Você tem trinta e nove. As pessoas decidem agora. Até minha médica concordou: *Você precisa decidir agora*.

Eu sei que quarenta é só uma ideia na sua mente — uma linha de chegada que não existe. No entanto, anseio por essa linha de chegada, só para parar de pensar sobre isso. Quando ouço falar de mulheres tendo filhos depois dos quarenta, sinto um leve desespero. Será que esse prazo nunca vai terminar?

Por que esta oscilação constante? Como em uma semana pode parecer uma boa ideia — e parecer tão errado na semana seguinte? Tanta deliberação me trouxe o quê, em termos de trajetória de vida? O desejo não nasce quando decidimos o que queremos — ele vem de um lugar mais profundo. Você não pode fazer acontecer uma coisa que você não deseja. Esse puxa e empurra não produz nada. Ele continuará a não criar nada enquanto durar. Em qualquer lugar da vida onde haja um puxa e empurra — desvie seus olhos para outro lugar, para onde a energia está fluindo em uma direção. Encontre o caminho até o fluxo e impulsione sua vida a partir daí.

O problema é que a vida é longa, e tanta coisa acontece por acaso, e escolhas feitas em uma única semana podem afetar toda uma vida, e a parte de nós que decide não está sempre sob nosso controle. Então, por mais que eu não consiga me ver tendo um filho, é estranho imaginar que não terei um. Ainda assim, o não ter parece tão incrível, especial e único quanto o ter. Ambos parecem uma espécie de milagre. Ambos parecem um grande feito. Seguir o curso determinado pela natureza ou resistir a ele — ambos são realmente belos; impressionantes e difíceis, cada um à sua maneira. Lutar contra a natureza ou se render a ela, ambos parecem louváveis. Ambos parecem ser inteiramente valiosos.

~

Estou cansada demais para continuar escrevendo isso —

esgotada, deprimida, acabada. Pensar sobre filhos enfraquece meus dedos e me anestesia profundamente, como cheirar uma flor poderosa. Existem diversos tipos de portal que levam à verdade. A letargia é um deles. Preciso lutar para chegar ao outro extremo dessa exaustão, dessa letargia estranha, e descobrir o que quero por conta própria.

A questão dos filhos é um inseto em meu cérebro — um inseto que se arrasta por tudo, cada memória, cada impressão sobre meu próprio futuro. Como desalojar esse inseto? Ele está comendo tudo que já foi ou que um dia será. Nada fica intacto.

Quanto de mim acredita que os meus problemas — qualquer incerteza que esteja associada a viver — seriam solucionados se eu preenchesse meus dias com a criação de filhos, e meu coração com meu próprio filho, em vez de ser só metade de um animal aos olhos do mundo? Não é um sentimento agradável de se levar pela vida inteira. Pode parecer que a solução para tudo é simplesmente se render à parte de mim que *quer* fazer essa coisa simples que abre e eleva o coração.

~

Alguma parte de mim sabe que estes são os anos em que eu supostamente deveria ter um filho. Às vezes, quando penso a respeito, sinto uma antecipação agradável e um sucumbir, como se restasse pouco a ser feito na vida. Um espaço se abriu dentro de cada molécula de um instante, em que posso ver que é onde um filho se encaixaria. Mas não sou capaz de colocar um filho lá. Não sei como encaixar um filho dentro dessas moléculas do tempo.

Na outra noite, tive um sonho que me dizia que era bom continuar caminhando pelas mesmas ruas; que quanto mais eu caminhasse por elas, mais eu descobriria. *Desacelerar é impor-*

tante, o sonho disse. *Repetição é importante. Exista no mesmo lugar de maneiras diferentes. Mude a si mesma, não seu lugar.*

~

É verdade que uma pessoa pode passar muito tempo de braços cruzados e chamar isso de trabalho — chamar qualquer coisa de trabalho, menos o que realmente é trabalho. Ficar realmente quieta, e trabalhar em verdadeira quietude — escrever sobre as coisas que realmente são dignas de atenção. Mas quais são essas coisas?

Tudo o que mais quero fazer é me sentar e passar o dia inteiro olhando uma melancia. Embalar uma melancia em meus braços. Niná-la, carregá-la por toda parte. Tudo o que mais quero é adormecer, e dormir por um milhão de anos. Ou talvez eu queira ter um bebê — mas com alguém que realmente queira ter um — que queira e que queira tê-lo comigo. Ou então ficar com outro homem para descobrir se realmente quero um filho. Com Miles eu nunca saberia o que quero, já que o querer dele é tão forte. Preciso me afastar das preferências dele para saber quais são as minhas.

~

Me pergunto se estar pensando tanto em ter filhos tem a ver com uma perda de fé nas ideias maiores — arte, política, romance. A criação de filhos não é abstrata, como fazer arte ou tentar mudar o mundo. Talvez, conforme você envelhece e passa mais tempo no mundo, menos você se importa em mudá-lo.

Então talvez eu esteja sendo cínica ao pensar em ter filhos. Talvez isso reflita um cinismo ligado à literatura — depois de ter visto o que acontece com a arte no mundo — como aquilo que você ama se torna algo sujo, e você, também, fica suja. Talvez isso também aconteça com os filhos, e talvez isso seja parte do motivo pelo qual as pessoas querem ter mais de um. A inocência e a pureza perfeita do bebê se foram, corrompidas à medida que eles crescem. A mesma coisa acontece com a arte. Ela começa em um estado de perfeita inocência, e você está lá com ela. Depois, ela se corrompe conforme transita pelo mundo, e você se corrompe, também.

Todos esses questionamentos sobre filhos são apenas uma prova do quanto uma pessoa pode desistir das coisas que ela sabe que são certas. Seria mais fácil ter um filho do que fazer o que eu quero. Mas, se eu já faço o oposto do que eu quero com tanta frequência, que diferença faria mais uma coisa? Por que não ir, por mim, até o extremo da falsidade? Eu bem que poderia ter filhos. Ainda assim, daqui eu não passo. Não se pode gerar uma pessoa sem honestidade. Pelo menos eu tenho um pouquinho de moralidade a meu favor — e essa boa ação é este pouquinho. Criar filhos é o oposto de tudo que eu aspiro, o oposto de tudo que eu sei fazer e de todas as coisas que eu gosto de fazer.

Como não desistir de todos os seus ideais enquanto você se move pela vida. Mas também como está tudo bem na mudança.

~

É imoral ter bebês, pois isso significa aprisionar a alma imortal em um corpo mortal?
não
Aprisionar a alma imortal dentro de um corpo mortal é *bom*?
sim
Para que a alma imortal possa aprender?
sim

Pode acontecer de uma alma imortal, presa dentro de um corpo humano, andar para trás; se tornar mais ignorante?

sim

A alma imortal é compartilhada por toda a humanidade?

sim

Se a alma imortal em mim aprende, a alma imortal em outra pessoa aprende também?

sim

E se a alma imortal em outra pessoa se torna mais ignorante, isso também acontece em mim. Então o que nós fazemos realmente importa. É possível que alguém tenha um bebê e esse bebê o torne mais ignorante, ao passo que teria se tornado mais sábio se não tivesse o bebê?

sim

Será que esse é o meu caso — que a minha alma se tornaria mais ignorante se eu tivesse um filho?

não

A minha alma se tornaria mais sábia?

não

Permaneceria mais ou menos como ela é?

sim.

~

Sei que quanto mais eu penso sobre ter um filho, mais isso gera a imagem de uma criança que não nasceu. Quanto mais escrevo isso, mais essa criança não nascida se torna algo real, uma imagem que *não está lá*, uma pessoa específica com uma vida interditada. Esse filho talvez viva dessa forma negativa. O filho vivo ao avesso: o filho nunca-nascido. Ou talvez escrever tanto sobre isso irá me compelir a ter um filho, pois dessa maneira eu o invoquei, ou a invoquei — o invoquei através de sua repetida negação. Ou talvez isso gere um filho que não se contentará apenas com a realidade da linguagem.

Escrever fica tão pequeno quando comparado à maternidade. Não parece ser algo que irá preencher todos os cantinhos da alma. E talvez não preencha. Mas mesmo quando a pessoa é mãe, será que todos os cantinhos ficam preenchidos?

~

Eu me lembro de que quando tinha vinte anos assisti a uma mesa-redonda com diversos escritores — mulheres e homens. Eles disseram que escrever era importante para eles, é claro, mas que seus filhos eram muito mais importantes. Isso foi um balde de água fria para mim. Eles me pareceram tão descompromissados. Eu nunca quis ser assim — ter algo mais importante do que a escrita em minha vida. Por que eles fazem isso com eles mesmos?

Mas nos anos que se seguiram, meu medo mudou: será que eu poderia ser uma escritora realmente boa — capturar, nas páginas, o que sente um ser humano — sem ter vivido a maternidade? Sem ter essa experiência que eu, cada vez mais, começava a julgar ser a principal experiência da vida?

~

Alguns amigos vieram nos visitar na noite passada e as coisas ficaram bem sombrias. Uma amiga disse que, aos quarenta, a mulher finalmente enxerga tudo o que ela poderia ter feito e todas as coisas que ela poderia ter vivido se não houvesse construído uma vida tão dependente de um homem.

Outra disse: *Agora tudo que me resta é a minha integridade.* Ela se casou aos quarenta e queria muito que desse certo, apesar de saber que o homem não era a sua alma gêmea. Mas ela queria um filho. Então eles rapidamente se casaram, tiveram um filho e, dois anos depois, se divorciaram. A mãe dela uma vez perguntou: *Você prefere ter uma alma gêmea ou um filho?* Ela respondeu que queria os dois.

Pensei um pouco sobre essa pergunta. Honestamente, prefiro ter uma alma gêmea.

~

Quando a filha do Miles fica conosco, digo a mim mesma que devo ter cuidado: as visitas dela não dizem nada sobre como seria ter um filho que não fosse *ela*; e que tivesse a mim como mãe, e não a mãe dela, que dedicou sua vida a cuidar dela, e não sem consequências. O que pode ser mais diferente da maternidade do que *isso* — o fato de que ela sempre retorna para sua mãe? Essa sempre foi a parte que mais me assustou — a perenidade da maternidade, sua eternidade. Vendo alguém empurrar um carrinho de bebê, sempre sinto uma exaustão profunda: *Mas ainda faltam tantos anos para isso terminar!*

Sinto que não tenho um motivo suficientemente bom para forçar alguém a viver, trabalhar, penar por muitos dias e sofrer por oitenta e tantos anos. Você não pode dar vida a alguém só para resolver um questionamento mental, ou porque você está curioso sobre todas as experiências humanas, ou para se enturmar com as suas amigas. Eu só poderia dar para um filho uma vida pior do que a que me foi dada. Como as pessoas podem ser confiantes o bastante para pensar o inverso?

Erica me disse uma vez: *Tivemos nosso filho para nos protegermos de um arrependimento futuro.* Mas será que é certo dar vida a alguém para evitar certo arrependimento?

Ao contrário de Erica, sempre temi me arrepender de ter um filho, mais do que me arrependeria de *não* o ter — pois não deixo de notar que minhas fantasias felizes sobre ser mãe sempre são a respeito de *ter sido* mãe — de estar sorrindo e acenando na porta enquanto os filhos seguem sua vida.

Acabo de ler um diário que fiz há um ano e ele poderia ter sido escrito hoje. NADA, mas NADA, mudou! Que enlouquecedor! Após anos pensando sobre querer um bebê ou não, e escrever centenas de milhares de palavras sobre isso, estou basicamente no mesmo lugar, com sentimentos quase inalterados; a razão, o raciocínio, examinar meus desejos, nada disso me aproximou da resposta.

Às vezes é como se a decisão sobre ter filhos só pudesse ser solucionada de uma forma — tendo filhos. Pois mesmo que se chegue à resolução definitiva *contra* ter filhos, um espectro ainda paira acima de sua cabeça, a possibilidade de que o filho virá. Ou que as circunstâncias da vida vão conspirar para te fazer mudar de ideia, e se não te trouxer filhos de fato, fará com que você se arrependa por não os ter tido.

Ainda assim, tenho que pensar: *Se quisesse ter um filho, eu já teria tido um — ou pelo menos teria tentado.* Por quanto tempo esperam que eu viva como se houvesse uma segunda versão de mim, escondida em algum lugar aqui dentro? Quando me sentirei segura para dar prioridade ao *eu* que já conheço?

Preciso me forçar a ver as coisas de um jeito novo. Já está na hora, pelo amor de Deus! Fico me preparando para tanta infelicidade. Imagine as questões de outra pessoa, uma pessoa com uma mente mais ampla — depois tente *ser* aquela mente mais ampla. Não se faça perguntas que você não quer responder, assim como Miles me disse que não perguntou ao homem que estava nos vendendo cadeiras *por que* ele as estava vendendo, pois achou que não gostaria da resposta. Aquele homem era tão bom, tão simpático, cordial e cativante, em seu pequeno apartamentozinho branco, com fotos de seus filhos em todas as paredes e, em cada armário e cada porta, cartazes, *PENSE POSITIVO*.

~

Eu consigo me lembrar — mas muito pouco — de uma época em que eu não pensava tanto sobre ter filhos — quando o futuro não estava contaminado pela possibilidade de um filho, ou não contaminado pela perda de não ter tido um. Erica disse que parece que eu na verdade *quero* um filho. Será?

não

Por que você está dizendo que não quero? Porque você acha que sabe alguma coisa?

sim

E o que você sabe? Você sabe o que tenho no meu âmago?

sim

Você é mesmo capaz de lembrar o que você respondeu na última pergunta?

sim

E tudo isso é, de fato, *escrever*?

não

O aleatório é inútil e não leva a nada! É melhor não acreditar em nada do que acreditar aleatória e casualmente nas coisas. É melhor ter um alicerce que guie a vida e o comportamento do que essa aleatoriedade e essa casualidade que levam tanto ao absurdo quanto a qualquer coisa verdadeira. Só o medo nos faz questionar nossos relacionamentos tão profundamente, e só uma ânsia por poder nos faz questionar demais as profundezas insondáveis. Não se descobrirá nada que valha a pena ser descoberto, e os sentimentos, que constantemente oscilam, não podem ser aquilo que nos guia pela vida, já que ela própria foi feita para fazer os sentimentos oscilarem dessa forma. Dependemos uns dos outros e todos precisamos de muito. O que importa é superar — apagar a fronteira entre o espiritual e o físico, e finalmente se tornar íntegra, completa. Devemos pedir que o demônio nos abençoe e esquecer todo o resto.

~

O homem que estava nos vendendo as cadeiras — não havia quase nada em seu apartamento — paredes brancas, poucas coisas. Enquanto Miles botava as cadeiras no carro, o homem me disse que ele não aceitaria um novo par de sapatos se ele já tivesse um. Ele via as outras pessoas lutando para encherem suas vidas de coisas, se mudando para cidades maiores, construindo carreiras admiráveis, comprando carros e mobílias, cultivando amizades e conexões extraordinárias. *O desejo leva a uma vida de acúmulos*, advertiu. Ele temia que, se começasse a seguir seus desejos, acabaria sepultado sob tudo que acumulou, até que ele próprio desapareceria totalmente.

Nesse quebra-cabeça de desejos, devem existir pessoas que esperam a vida passar, e pessoas que não desejam nada de nada. Algumas pessoas querem preencher suas vidas completamente, enquanto outras querem esvaziá-las — sacudi-las até que todas as coisas supérfluas caiam.

O que o motiva?, perguntei a ele. Respondeu: *Não tenho motivação. Vivo uma vida muito simples. Faço meu trabalho. Depois do jantar, durmo. Não tenho nenhum interesse em participar de aventuras.*

~

No carro, voltando para casa, Miles disse: *É claro que criar filhos é um trabalho duro, mas não entendo qual a virtude de fazer um trabalho que você criou para si mesmo, baseado somente em interesses próprios. É como se alguém cavasse um buraco enorme no meio de um cruzamento movimentado e depois começasse a fechar esse buraco, proclamando: "Eu não tenho nada mais importante para fazer no mundo do que fechar este buraco".*

~

Eu sei que quanto mais eu trabalho neste livro, menor se torna a possibilidade de que eu tenha um filho. Talvez seja por isso que o escrevo — para conseguir atravessar até a outra margem, sozinha e sem filhos. Este é um livro profilático. Este livro é a fronteira que estou erguendo entre mim mesma e a realidade de um filho. Talvez o que eu esteja tentando fazer, ao escrever isso, seja construir um bote que me levará até certo ponto por certo tempo, até que as minhas perguntas não possam mais ser feitas. Este livro é um bote salva-vidas para me levar até lá. Por mim, isso é tudo que ele precisa ser — não um grande transatlântico, só uma balsa. Ele pode se despedaçar completamente depois que eu desembarcar na outra margem.

Agora a minha menstruação está ficando irregular. Até um ano atrás, ela vinha a cada vinte e oito dias. Agora ela pode variar em dois ou três dias. Ver essa queda na minha capacidade reprodutiva, entre outras coisas, me entristece. O tempo está acabando.

O tempo está sempre se esgotando para as mulheres. Os homens parecem viver em um universo sem tempo. Na dimensão dos homens, não há tempo — só espaço. Imagine viver no universo do espaço, não do tempo! Você põe o seu pau em espaços, e quanto maior o seu pau, mais aconchegante é o espaço. Se o seu pau é muito grande, então o espaço — e a vida — deve ser realmente aconchegante. Imagine ter um pau muito pequeno — como o universo deve ser vasto e insondável para o homem de pau pequeno! Mas se o seu pau for do tamanho da maioria das coisas que você encontra, nada pode ser muito ameaçador. Para as mulheres, o problema é diferente. Uma garota de catorze anos tem tanto tempo para ser estuprada e ter bebês que é como se ela fosse o cúmulo de Midas. A vida de uma mulher dura mais ou menos trinta anos. Parece que, durante esses trinta anos —

dos catorze até os quarenta e quatro — tudo precisa ser feito. Ela precisa achar um homem, fazer bebês, começar e impulsionar a sua carreira, evitar doenças e juntar dinheiro o bastante, em uma conta separada, para que seu marido não possa detonar as suas economias. Trinta anos não é tempo suficiente para viver uma vida toda! Não é tempo suficiente para fazer tudo. Se eu fizer apenas uma coisa com o meu tempo, certamente essa coisa depois será o meu martírio. Um dia eu com certeza vou pensar *Por que caralho você desperdiçou tantos anos colocando vírgulas nisso?* Eu não conseguirei entender como pude ignorar a forma como o tempo age sobre a vida de uma mulher; como ele é a essência do universo das mulheres. Todas as coisas que deixei de fazer porque me recusei a acreditar que eu era, primeiro e acima de tudo, uma fêmea.

Vocês, mulheres que querem viver no universo do espaço, e não do tempo — vocês vão ver só o que o universo tem para te dar. *Vou mesmo?* Sim. Olhe ao seu redor. *Mas algumas mulheres são felizes!* Mas algumas não são. *Como posso saber o que eu serei?* Você não tem como saber até ser tarde demais.

Minha mãe me disse, quando eu era criança, *Você sabe que na minha família as mulheres sempre foram o cérebro.* Então eu quis ser o cérebro: não ser nada além de palavras em uma página.

~

Durante toda minha infância, minha mãe manteve um porta-retratos sobre o piano. Era a única foto que restou da família da mãe dela. Na foto, Magda está com doze anos. Ela está em um estúdio de fotografia com seus pais e seus irmãos mais novos. Eles são magricelas e carrancudos. A família é tão pobre que os garotos não têm sapatos. O fotógrafo teve que pintar os sapatos na foto impressa: finas linhas cinzentas marcando os cadarços, os ilhoses, o couro. O rosto da minha avó é idêntico ao meu. Eu e ela, aos doze anos, éramos exatamente iguais.

Quando eu era criança, parte de mim se perguntava em que mais poderíamos ser iguais se nossos rostos eram tão semelhantes? Quem sabe a alma da minha avó — no ano ocioso entre nossas vidas — não foi até o meu corpo e se abrigou lá?

~

Minha mãe nunca conseguiu agradar a mãe dela: nunca foi esperta o bastante para a mãe dela, nunca conseguiu tirar notas boas o bastante. Ela se esforçou cinquenta vezes mais do que qualquer outra pessoa. Ela permitiu que os sonhos de sua mãe se tornassem seus. Ela vivia para agradar a mãe, mesmo depois de se tornar mãe, e mesmo depois de sua mãe ter morrido. Ela vivia sua vida voltada para sua mãe, não para mim.

~

Quão longe você espera conseguir ir além da sua mãe? Você não será uma mulher completamente diferente, então apenas relaxe e seja só uma versão levemente alterada dela. Você não precisa ter tudo que ela teve. Por que não viver uma vida diferente? Deixe de lado esse padrão que vem se repetindo, que foi a sua mãe, e a mãe dela antes, e viva um pouquinho diferente dessa vez. Uma vida não é nada além de uma proposta, feita enquanto a vivemos. *Será que uma vida também pode ser vivida assim?*

Depois a sua vida terminará. Então deixe que a alma que você herdou da sua mãe experimente uma vida nova em você. Você não pode viver essa sua vida para sempre. É só uma vez — o ensaio de uma vida — e depois terminará. Então permita que a alma que você herdou das suas mães tenha a chance de viver uma vida que é sua.

Como guardiã da alma herdada de suas mães, você poderia facilitar um pouco as coisas para ela dessa vez. Trate-a com gentileza, pois ela já passou por maus bocados. Depois de muitas gerações, essa é a primeira vez que ela pode descansar, ou decidir, com total liberdade, o que irá fazer. Então por que não tratá-la com verdadeira ternura? Ela já passou por tanta coisa — por que não deixá-la descansar?

Hoje a contagem de lágrimas foi baixa, mas a sensação das lágrimas estava em mim ontem. Ainda assim, sinto a pressão, a sensação de tensão e secura ao redor de meus olhos.

Alguém amaldiçoou a mim, a minha mãe e a mãe da minha mãe antes de mim. A pessoa que nos amaldiçoou agora está morta. É uma maldição que me faz querer solucionar a tristeza da minha mãe, assim como ela quis solucionar a da mãe dela. Minha mãe viveu para solucionar o problema que era a vida de sua mãe, já que Magda foi amaldiçoada. Eu aceitei essa maldição como se fosse minha. Nós não buscamos a felicidade no casamento. Nós não buscamos a felicidade nos filhos. Pensamos principalmente em nosso trabalho, em resolver esse problema das lágrimas de nossas mães.

Minha avó não iria querer que sua filha fosse triste, e não iria querer que a sua tristeza fosse passada adiante através de mim. Ninguém que tenha passado pelo que ela passou iria querer que sua família passasse essa tristeza adiante.

~

Só conheço uma história sobre a vida da minha avó nos campos de concentração. Um guarda disse às mulheres no alojamento de Magda que os alemães estavam procurando prisioneiras para ajudar na cozinha do campo. Disseram que as interessadas deviam se voluntariar, dando um passo à frente. Magda deu um passo à frente. Todas deram um passo à frente, inclusive uma mulher que havia namorado com o futuro marido de Magda antes da guerra.

Um soldado alemão gritou para a minha avó: *Você não*. Ele bateu nela com força e ela foi para trás do grupo. A mulher que meu avô havia namorado foi escolhida. Magda jamais a viu novamente. Mais tarde, ela descobriu que nenhuma das mulheres que deram um passo à frente foi levada à cozinha. Todas elas foram levadas para o exército alemão, foram estupradas pelos soldados, e depois mortas a tiros.

Acho que crescer sabendo dessa história fez com que eu encarasse o fim de linhagens com uma naturalidade estranha, como se achasse que a nossa linhagem deveria ter terminado lá, só que conseguiu escapar por pouco — como uma pessoa atingida por um tiro que consegue cambalear alguns passos para frente antes de cair morta. Foi sempre assim que me senti a respeito de minha vida: como os últimos passos trôpegos e ensanguentados de um corpo perfurado por uma bala.

~

Quando penso sobre tudo que poderia ser ou poderia não ser, penso que não quero que nossa carne — a carne de minha mãe, a carne de minha avó — seja dividida e replicada. Quero que a vida delas seja finita. Quero fazer um filho que não morrerá — um corpo que falará e continuará falando, que não pode ser baleado ou incinerado. Você não pode queimar todas as cópias de um livro. Um livro é mais poderoso que qualquer assassino, que qualquer crime. Então, criar uma criatura forte, mais forte que qualquer um de nós. Criar uma criatura que vive dentro de muitos corpos, não só de um único corpo vulnerável.

Um livro vive dentro de cada pessoa que o leu. Você não pode simplesmente aniquilá-lo. Minha avó escapou dos campos. Escapou para que pudesse viver. Quero que minha avó viva em todo mundo, não apenas em um corpo que saiu do espaço entre as minhas pernas.

Não sinto que posso me dar ao luxo de ter um filho. Não tenho tempo. Minha mãe trabalhou arduamente para justificar a vida de sua mãe. Ela trabalhou por sua mãe, para dar sentido à vida de sua mãe. Ela estava voltada para a mãe dela, não para mim. E eu estou voltada para minha mãe, também, e não para nenhum filho ou filha. Nós direcionamos nosso amor para trás, para que a vida possa fazer sentido, para dar beleza e significado à vida de nossas mães.

Talvez o significado da maternidade seja honrar a vida de sua mãe. Muitas pessoas fazem isso se tornando mães. Elas fazem isso tendo filhos. Elas fazem isso imitando aquilo que suas mães fizeram. Imitando e honrando o que suas mães fizeram, elas se tornam mães.

Eu também estou imitando o que minha mãe fez. Também estou honrando minha mãe, não menos do que a pessoa cuja mãe se sente honrada por um neto recém-nascido. Não estou honrando menos a minha mãe. Faço o que minha mãe fez, e pelas mesmas razões; nós trabalhamos para dar significado à vida de nossas mães.

Qual a diferença entre ser uma boa mãe e ser uma boa filha? Na prática, muitas, mas, simbolicamente, a rigor nenhuma.

~

Por outro lado, minha avó não gostaria que fôssemos felizes? Digo, depois que terminássemos nosso trabalho? Minha mãe se aposentou no verão, depois de trabalhar árdua e continuamente durante seus estudos, da primeira série até se aposentar com quase setenta anos. Ela conquistou tudo que queria — cumpriu à risca o plano que sua mãe traçou para a sua vida. Ela deveria estar em paz, feliz — mas não está. Apesar de ter feito tudo — ter cumprido seu destino, agora está lidando com as consequências. Ela deveria estar no céu, livre — se o céu é o lugar onde o seu destino é dado por completo, e você está livre de qualquer destino. A felicidade é o oposto. A felicidade vai ter que esperar.

SANGRAMENTO

Hoje tudo o que eu queria era largar tudo. Faltam dois dias para eu menstruar, e acordei em fúria, depois eu e Miles discutimos. Tenho o coração repleto de tristeza e de querer. Tudo me parece feito de lágrimas. *Ele* faz eu me sentir em lágrimas. Mas quando a mente não está tensionada, não há mente. O que estou sentindo é a tristeza hormonal?

sim

Se ao menos existisse algo de bom nela. Será que existe?

sim

A vantagem é que a pessoa fica afastada dos outros?

sim

E também mais sensível. Ambas as coisas são boas para escrever. Escrevo mais antes de ficar menstruada do que em qualquer outro momento. Quero matar aquele caminhão de sorvete que está tocando essa música esquisita e triste! Com essa terrível música portuguesa de tragédia. Amanhã à noite minha tristeza já terá ido embora?

sim

Ela já deveria ter ido! Deveria ter ido embora ontem, na verdade. Ela foi prolongada pela briga com Miles. Por que os casais têm tantos problemas? Será que alguém já respondeu adequadamente a essa pergunta?

sim

Foi uma mulher?

sim

Algum homem também já deu uma resposta boa?

sim

A resposta do homem basicamente se resumia a culpar a mulher?

sim

A resposta da mulher culpava o homem?

não

Culpava a si mesma?

sim

O homem culpava a mulher pelas fragilidades dela?

sim

E a mulher só se culpava, cheia de remorso?

sim

As coisas funcionariam melhor para os homens e as mulheres se as mulheres não se culpassem, cheias de remorso?

sim

Sinto muito. A culpa é das minhas fragilidades?

sim.

~

Passei a tarde toda sentindo um pânico nervoso, sem ter notícias do Miles. Sinto um tremor dentro de mim, uma sensação de que ele vai me rejeitar completamente, ou de que eu não sei o que está acontecendo, ou de que ele está zangado. Mas por que devo me incomodar com a raiva dele, se não fiz nada de errado? Ainda assim, há um pânico profundo em mim.

Uma parte enorme de mim quer agradá-lo, sente que isso é impossível, e então se irrita quando ele não demonstra aquilo que eu considero amor. Fico me perguntando se isso vai melhorar, ou se não há solução, e por mais que nos queiramos bem, não conseguiremos fazer isso dar certo. Sinto pena de todos os homens que vieram antes dele, cujos sentimentos eu não levei em consideração. Eu tenho um jeito de reduzir a humanidade dos homens com quem estou até um tamanho mais manuseável, e eu não deveria fazer isso.

Estou muito cansada, tão exaurida de tanto brigar. Acho que talvez nos separemos em breve, e ele partirá sem mim. Quero terminar tudo só porque não suporto a ideia de que isso aconteça além do meu controle. Ainda assim, quero ele aqui em casa para me amar — não que ele vá embora! Quero outro homem, um que me ame mais. Não, eu quero Miles.

Mas o que posso fazer com este sentimento trêmulo aqui dentro?

~

Perguntei a mim mesma, antes de dormir, o que deveria fazer a respeito da minha vida e, quando acordei no meio da noite, trouxe essa frase do sonho: *Você precisa se controlar se quiser que sua vida tenha mais significado.*

Mais fácil falar do que fazer. Esta manhã, ele me acordou perguntando o que eu queria da feira de St. Lawrence. Eu disse que uma lata de tomates. Então ele ficou chateado porque tinha feito molho de tomate para mim na semana passada e ele estragou sem que eu o experimentasse. Depois que ele saiu, chorei.

~

Quando Miles entrou pela porta da frente com as compras da feira, vi que o que havia entre nós era real, e não algo que eu fabriquei mentalmente. Disse pra ele que as coisas melhorariam daqui em diante, mas ele não acreditou. Eu também sei que não é verdade — sou impotente perante minhas emoções. E frequentemente quero me vingar dele por ter me causado tanta dor.

Ninguém se conscientiza sem dor.

É a dor que abre a porta.

~

A coisa mais fácil de fazer com a dor é se convencer de que ela te oferece uma oportunidade: ao transformá-la em um jogo, ela se torna uma coisa a menos a te causar sofrimento. Jogando com ela, você a põe na categoria das coisas que você pode manejar e que, portanto, podem ser postas de lado. Pensar sobre a sua dor faz com que ela vá para a categoria do imaginário. Mas a dor não é imaginária. É errado pensar que os ponderados, ou os muito astutos, ou os muito sábios, escapam dela. Os que mudam de cidade não escapam dela, e os que mudam de amante não escapam dela. Beber não é uma fuga; nem fazer uma lista de coisas pelas quais se deve ser grato. Quando você parar de fazer planos para escapar da sua dor, ela ainda estará lá, mas, além dela, haverá uma revelação: sua dor não é maior do que a sua capacidade de suportá-la — como um copo de água cheio até a borda, a água paira no menisco, mas não transborda.

~

Na noite passada, sonhei com três homens — um representava Miles; um representava um ex-namorado; e o outro representava um homem em Nova York. Vi meu ex-namorado — e as coisas pareciam simples entre nós, nada era proibido. O sujeito de Nova York — um anjo me dizia que esse homem era bom, mas o anjo já o tinha visto traindo namoradas antes, então ele foi descartado. O anjo disse que ele tinha feito seu melhor para ajeitar o Miles para mim. Eu disse que havia fricção, e ele concordou: *Mas a fricção não era boa? A fricção era um ingrediente importante da receita.* Senti uma forma de inteligência próxima de mim dizendo: *Eu fiz essa pessoa para você. Por que você a está rejeitando?*

A pergunta que deve ser sempre feita é: *Isto que estou sofrendo é algo típico?* Pois existem dores que são típicas e dores que são atípicas — sofrimentos típicos e sofrimentos atípicos, solidão típica e solidão atípica. Sentimos que alguns sofrimentos são típicos, são profundos e até os seus ossos os reconhecem. Outros sofrimentos parecem alheios, como se não pertencessem a você.

O que é mais típico para mim: o sofrimento de estar com Miles ou o sofrimento de estar sem ele; o sofrimento de ter filhos ou o sofrimento de existir sem eles? Quando me faço essa pergunta, a resposta é clara: o sofrimento de estar com Miles; o sofrimento de existir sem filhos. Todos sabemos quais sofrimentos nos pertencem. Em todas as vidas, há uma qualidade de sofrimento. Nunca, em nenhum de meus relacionamentos, senti um sofrimento tão típico quanto esse que sinto com Miles. Com Miles, sinto que o sofrimento tem significado — como se pudesse gerar algo relevante.

É verdade que, de alguma forma, ele jogou tanta coisa fora, que de mim só restam os ossos descarnados, as verdadeiras raízes da minha existência, e estou vivendo muito próxima de todas as coisas que são mais reais e mais minhas. Não acho que ele esteja fazendo isso conscientemente, ou que seja algo que eu poderia evidenciar. Talvez seja só o que acontece quando encontramos algo tão eterno.

~

Sempre achei que existiam diversas possíveis vidas que eu poderia estar vivendo, e elas estavam organizadas na minha cabeça como bonecas sobre uma prateleira. Diariamente, eu as pegava, uma por uma, tirava a poeira, e as examinava, comparando seus contornos. A vida que eu estava vivendo não parecia diferente daquelas vidas-bonecas-na-prateleira, nem por seus detalhes nem por sua plausibilidade. Eu sentia que, com a mesma facilidade que vivia minha vida, poderia estar vivendo uma das outras — e que se eu decidisse ter uma daquelas vidas, seria tão fácil quanto trocar de boneca.

Como pude confundir a minha vida com uma boneca? Seria necessária uma grande força racional — da qual eu não dispunha — para me convencer de que, mesmo que eu *fugisse*, teria exatamente a mesma vida — uma continuação da presente, com o mesmo eu nela. As vidas que eu pegava na prateleira da minha mente não continham as cinzas da minha vida presente, ou a tristeza ou as consequências de ter trocado uma pela outra, ou qualquer incerteza a respeito da minha nova escolha. Mas eu não pensava muito sobre nenhuma dessas coisas — era apenas uma obsessão minha. Eu tirava o pó daquelas vidas e as revirava, e abrir mão delas seria abrir mão da única segurança que eu tinha neste mundo, e eu ficaria sozinha no escuro sem nada.

Felizmente, fugimos até das coisas mais alegres e benéficas de nossas vidas, pois estamos curiosos quanto ao que existe por aí. E o que existe por aí? Mais do mesmo, em qualquer lugar aonde você vá. Para qualquer lado que você olhe, você estará sempre encarando a mesma vida. É a mesma vida que está te encarando.

Miles nunca teve fantasias sobre outras vidas, e ele não consegue entender essa parte de mim. *Que perda de tempo*, ele disse certa vez. *Se você não vai realmente fazer nada a respeito...*

Mas, por algumas razões, a vida é mais fácil para ele. Para os homens sempre é mais fácil saber o que se quer, e viver sua vida de acordo com isso. É injusto que se compare a mim. Quando tento me explicar, ele sempre diz: *O que te impede de fazer isso?* Eu não sei dizer o quê. O que me impede é a minha liberdade de fato — a minha hesitação ante o abismo. Reluto em criar meus próprios significados e, caso os crie mal, temo ser ridicularizada, como uma tola, alienada. Ninguém quer ser rejeitado. *Só há um lugar onde se pode viver*, disse um grande pensador, *e é na civilização.*

Fora da civilização é onde somos devorados por ursos.

Tendo acreditado, desde sempre, que eu queria que tudo mudasse, subitamente percebo que não quero. Eu quero o sonho de partir, mas não partir de fato. O sonho de outras vidas, mas nenhuma outra vida. O truque é não se iludir com sonhos muito intensos, mas deixar que o sonho me leve até os extremos do desejo e da vontade, sem avançar e ir longe demais — que as minhas fantasias se estiquem até certo ponto, antes de me arrastar de volta para minha vida.

~

Eu sei que Miles me odeia neste momento. Senti isso no ar quando saí pela porta, e posso sentir no ar enquanto ando pela rua. Quero resolver as coisas e voltar para casa. Mas não acho que ele está em casa sentindo minha falta. Acho que ele está em casa me odiando. Ele diz que eu não me importo com ele, mas não é verdade! Ele procura indícios de que eu não me importo, ou vê meus estados de espírito como provas disso. Ele vê a minha displicência — que afeta até minha própria vida — como prova de que não prezo por ele, quando sou displicente comigo mesma e com as minhas próprias posses! Eu não faço as coisas de forma sistemática. Não fico pensando nas consequências de tudo o tempo todo!

Talvez só exista uma escapatória — pela saída. Mas não quero ir por esse caminho. E se eu olhar para trás e perceber que estava errada: que Miles não era meu carrasco, mas meu salvador? Talvez eu deva aceitar a grande colisão de um planeta contra o outro, que somos nós, e a possibilidade de nos destruirmos. Ou talvez deva mudar minha abordagem — praticar a aceitação, o desespero silencioso, encontrar alegria no que existe e deixar estar. O oráculo disse *siga a verdade*. Mas não posso falar a verdade sobre nada para ele! Em vez disso, fico cada vez mais mal--humorada, o que ele detesta. A única saída seria blindar meu coração — ou seja, perder a esperança. Mas eu o amo, e estou ligada a ele — ligada a ele de muitas formas, e amo tê-lo em meus braços — quando qualquer parte dele se aproxima, com toda sua ternura.

Tenho dificuldades em enxergar o lado bom e o ruim ao mesmo tempo. Talvez seja *esta* a forma de seguir em frente: enxergar, a todo o momento, o lado bom e o ruim, em vez de ficar alternando entre os dois. Às vezes me sinto tão fria e, outras vezes, tão afetuosa e terna. Começa um novo ano, e nesse ano quero fazer tudo diferente: resolver a minha ambivalência, ou pelo menos aprender a viver com ela; ser uma pessoa íntegra, em quem ele possa confiar; ser alguém que se alegra com as coisas — mesmo que talvez seja tarde demais para voltar atrás. É certo que sou uma mulher de meia-idade. Meia-idade! Estou apenas esperando que meus anos férteis passem e eu possa voltar a fazer boas escolhas. Ou, talvez, fazer boas escolhas pela primeira vez na minha vida.

Até lá, não há nada a fazer a não ser voltar para a cama com ele, onde sei que meu corpo abraçará o dele com gratidão. Será que pode ser realmente tão simples — é só sair da minha cabeça e entrar no meu corpo? Me aproximar do dele? Não tenho fé em mais nada. Como vou conseguir isso? Quais são as duas coisas opostas que precisam ser unidas para que eu finalmente volte a confiar em mim mesma?

~

Quando fui para a cama, chorei nos braços de Miles, depois dormimos. Às vezes eu choro lágrimas quentes só para sentir o quanto eu o amo, e quanta ternura sinto por ele, e quão profundamente quero que ele seja meu, e quão horrível seria se ele não fosse. Se ele me deixasse, eu ficaria arrasada — só de pensar, me dói. Mas por que eu deveria pensar nisso? Tenho me comportado como se estivesse possuída. Não sou eu de verdade, mas as piores partes de mim, as mais inseguras. Tenho que reagir com as outras partes. Ele disse: *Eu farei qualquer coisa para salvar esse relacionamento, menos ficar pisando em ovos com você* — mas tudo que tenho feito é pisar em ovos com ele! Ele insiste que nós só brigamos assim quando estou para ficar menstruada, mas eu não tenho certeza — tenho medo de confiar na forma como ele interpreta as coisas. Mesmo que seja verdade, não quero acreditar. Se eu for o problema, e não ele, não sei o que fazer.

~

Hoje, quando acordei, percebi o quanto eu estava dependendo de Miles para ser feliz. E o quanto minha expectativa em relação ao comportamento dele tem sido enorme, descabida. E como tenho me responsabilizado tão pouco por minha própria felicidade. Agora vejo como a sua vida só pode ser aquilo que você tem por dentro. A sua vida está sentada no seu colo. Era como se eu visse minha vida sentada ali.

Teresa disse que muitos dos relacionamentos mais sólidos e duradouros começam de forma tumultuada. Sei que apesar de toda nossa dor, nunca quero ficar muito tempo longe dele. Então, eu devo amá-lo, e devo amar o que existe. O amor realmente cresce. Um homem se torna a sua família e, assim como sua família foi escolhida para você, parece que o homem que se torna parte da sua vida nasceu para ela, parido da própria matéria do universo, não muito diferente de um bebê se esgoelando. Pelo menos foi isso que aconteceu comigo quando vi Miles pela primeira vez — como se o universo se expandisse, como ele se expande quando uma nova vida passa a existir e nasce.

Em algum nível, o amor nunca poderá ser explicado. Você nunca sabe por quê. Em dado momento, você tem que aceitar a estranheza do amor — o quanto ele é exótico quando comparado a tudo que você já viveu.

~

Parece que agora você está em um momento em que ficar com Miles é indiscutível. Na verdade, você sempre esteve nesse momento. Você já tem o seu companheiro para a vida toda, então siga em frente com o seu trabalho e seja grata por ele existir. Não espere que Miles preencha o seu tempo, mas seja grata por ter tempo para preencher com o que quiser. Ele oferece um estímulo constante para seu desejo, para que você não se perca na imensidão procurando outros homens. Nossa solidão é tão completa, nunca sinto a necessidade de preencher os espaços vazios com alguém, pois não há espaços vazios. E eu amo tanto estar nos braços dele.

Às vezes sentimos tanta raiva um do outro. Mas deveríamos ser gratos pelo outro, por termos nos ajudado — apesar de toda a dor — a chegar a esse lugar novo, independentemente do que

seja este lugar. Em vez disso, sentimos raiva. É impossível sentir-
-se grato.

Ainda assim, esse homem não vai embora, mesmo quando as coisas estão difíceis — e isso te tranquiliza. O que é a constância? O que é a duração? A mãe do meu pai certa vez me disse, com orgulho: *Eu mantive meu casamento.* Quando perguntei a ela qual era o segredo de um casamento duradouro, ela disse: *Você engole sapos.*

~

Quando Miles chegou em casa, depois que eu gritei ao telefone para que ele voltasse, eram três da manhã e tínhamos passado o dia inteiro sem nos falar. O dia inteiro tinha sido horrível, e a noite anterior também, e simplesmente caímos um nos braços do outro. Não sei se dormi, ou se ele dormiu, ou se algum de nós dormiu, mas em algum momento ele levantou a minha camisola e começou a lamber os meus peitos, e depois ele me chupou, depois ele me comeu por trás, depois ele queria meter o pau no meu cu e, mesmo não querendo, deixei, mas me senti mal, como se estivesse cagando. Fiquei nervosa e disse isso a ele. *Relaxa, meu bem*, ele disse. Fiquei imaginando por que ele queria comer meu cu depois de tanto tempo sem fazer isso. Assim que ele meteu mais fundo, percebi que não queria que ele continuasse ou gozasse no meu cu — eu não queria dar tanto de mim para ele naquele momento — então me afastei. Ele disse: *Não estou me aguentando*, e ele se fez gozar enquanto eu continuei deitada, levantei minha camisola e acariciei meus peitos. No início seus olhos estavam fechados, mas quando ele os abriu e viu o que eu estava fazendo, soltou um grande gemido e fechou os olhos e gozou.

Mais tarde, quando fui me limpar, vi um pouco de sangue vermelho sobre o papel, como uma lágrima.

Mairon disse certa vez: *Você consegue lidar com os aborrecimentos nas suas amizades; por que não consegue lidar com eles
nos relacionamentos amorosos?* Ela ressaltou o fato de que eu não
queria nenhum aborrecimento. *Você tem que ser mais tolerante
com os aborrecimentos. Você deveria ser mais corajosa. O que vai
encontrar fugindo? Se você ficar, talvez descubra o quanto é forte
— o quanto você pode aguentar, aprender que se machucar faz
parte.*

Por que eu escuto o que ela diz? Porque ela é minha amiga?
Ainda assim, todas as mulheres que conheço dizem coisas parecidas. E eu digo as mesmas coisas a elas. Nós incentivamos os
comportamentos mais loucos. Ela disse: *Eu acho que o nosso
casamento é mais difícil para mim do que para ele.*

Como soldados se incitando a entrar em uma batalha, nos
incitávamos a entrar em relacionamentos. *Fique aí*, dizíamos.
Não vá fugir da linha de frente. Estávamos tentando nos convencer disso — de que essa era a linha de frente da vida. Se
você fugir da linha de frente, de que serve a sua vida? Nós nos

encorajávamos: *Vai lá — deixe que te mutilem, te aniquilem, te destruam.*

Essas mulheres são a voz da minha consciência. Elas não têm razão para mentir. Jamais conheci uma mulher que não diria o mesmo, ou que fizesse pouco caso do amor, que o tratasse como um jogo. Nós, as corajosas, ombro a ombro. Não podemos mais enxergar a nossa pátria. Talvez porque não tenhamos mais pátria. Jamais pensamos que iríamos até o fim. Mas quando os homens começaram a morrer, todas nos sentimos tão mais leves, mais livres, mais sossegadas sem eles. Depois as crianças disseram: *Elas deveriam ter deixado nossos pais há muito tempo — como nossas mães são burras, caretas e masoquistas.* Mas eles cresceram em tempos de paz. Não entendem o deleite da guerra.

FOLICULAR

Ontem, durante o almoço em um restaurante chinês antes do casamento da Libby, um dos convidados quis segurar a bebê de uma outra convidada. Ele disse (para ninguém em particular, enquanto se levantava da mesa) que queria que sua esposa concordasse em ter outro filho — eles já tinham dois —, mas ela disse que não queria mais um. Ela queria voltar a trabalhar. Ele pegou a bebê e andou com ela pelo restaurante, enquanto a bebê abria a boca de alegria. Ela parecia colada ao braço do homem — parecia tão segura. E o homem parecia mais consistente com a bebê em seus braços do que sem ela. De repente, ele se transformou em um tipo diferente de homem — um homem muito valioso. Os adultos no recinto não significavam nada para ele: ele levou a bebê até a janela — *Olha que dia bonito lá fora!*, ele disse. Vi ele voltar até a bebê três vezes durante o almoço, levantando-se de sua cadeira e segurando-a bem apertado.

~

Miles e eu fomos ao casamento da Libby ontem à noite, e lá tivemos uma briga. A noiva e o noivo — o amor deles era tão convincente, ela ao lado dele, com seu lindo vestido de noiva. Tive certeza de que eles ficariam casados e criariam uma vida juntos — algo que eu sentia que era impossível para mim. Nunca consegui acreditar tanto na importância do meu próprio casamento para organizar uma festa tão linda e cara. Eu jamais conseguiria convencer alguém a pagar tanto por isso.

Sei que muitas pessoas conseguem — não necessariamente uma união feliz, mas um casamento lindo e convincente —, mas para mim parecia algo tão impossível quanto voar até a lua. Eu via a noiva e o noivo como duas peças que ajudavam a construir a beleza do casamento na minha cabeça — mesmo sabendo que as coisas também tinham sido difíceis para eles. Ainda assim, na noite passada, no momento em que eles estavam se casando, todos os problemas pareciam perfeitos, pois eles eram uma prova do triunfo daquele dia. As experiências humanas mais comuns — sempre ansiei profundamente por elas. Não posso criticar. Elas me livram de todo cinismo, todas essas cerimônias, ou qualquer ritual em que seres humanos fazem algo simbólico juntos. É inacreditável que tenhamos fé em qualquer coisa.

Enquanto isso, Miles e eu brigávamos, ele me lançava olhares atravessados, ameaçava ir embora, ambos silenciosos no táxi de volta para casa, mudos enquanto íamos para a cama — eu primeiro e depois ele, horas mais tarde, depois de ficar sentado na sala jogando video game por horas.

~

Quando Miles finalmente veio zangado para a cama, fiquei muito nervosa — sentia o medo nas minhas vísceras — e brigamos um pouco mais. Depois, ele se virou e fingiu que dormia, e fui invadida por um pensamento: *Pare de jogar esse jogo — isso não é um jogo. Isso é a sua vida.*

Vi que estava desempenhando um papel em nossas brigas, e vi muito rapidamente que grande parte de todo relacionamento, ou de ser uma pessoa, se resume a desempenhar um papel. Então senti uma descarga de alegria e liberdade, que deve ter sido uma espécie de nirvana, e que durou menos de um minuto, mas vi como todos nós somos engraçados, e vi o que *eu* sou — não o meu comportamento, nem os meus papéis, mas essa luz incandescente, dentro de mim, que está sempre rindo. A vida parecia tão boba, pois eu havia entendido o que era o carma: o carma é desempenhar papéis. É preciso desempenhar papéis, então se mantenha em determinadas situações, ou vá se meter em outras situações previsíveis. Deitada na cama naquele momento, não conseguia mais lembrar por que eu e Miles estávamos tão chateados, mas entendi o que estava causando tanta confusão — era esse orgulho, esse ego, não querer dar o braço a torcer. Era como se fôssemos conchas e cuidar dessas conchas fosse tudo que importava, e esses cuidados as tornavam reais — tudo que existe de real no mundo — quando, na verdade, elas não são nada. Somos todos tão bobos, burros, mesquinhos! Sentada aqui escrevendo, agora de manhã, sinto que não há saída, mas naquele lugar, onde eu estava na noite passada, a saída não era uma questão — eu só sentia paz e uma alegria imensa ao ver todas as coisas que aguentamos sem nenhuma necessidade.

Eu sei quão perturbador seria botar em prática esse conhecimento, em vez de nossos dramas — e eu também vejo como o amor é radical, pois ele ri de todos os dramas, especialmente do drama da vitória. A vida humana é uma espécie de miopia, estamos todos andando por aí, enxergando só o que está na nossa frente, às vezes nem mesmo isso — passando um pelo outro, tão envolvidos em nossos pequenos dramas que perdemos todo o resto de vista: aumentando o que é pequeno. Tentativas desesperadas de entender qual é o nosso sentido! — quando, na verdade, nossas vidas não têm sentido. Nossas vidas não têm sentido, mas a Vida tem — a Vida é hilária e maravilhosa e repleta de alegria. A Vida é pura liberdade e contém tudo — até mesmo esse mundo humano, cinza e sombrio.

~

Agora eu o ouço se levantando — há um homem zangado em casa comigo. Mas por que devo continuar a briga? Desempenhar todos esses papéis — isso é real, pois é um fato e está acontecendo, mas também não é real, pois é só uma parte do todo.

Tudo começou quando eu disse para mim mesma que deveria levar isso mais a sério — que a *vida não é um jogo* —, pois percebi que era assim que eu estava vivendo. A vida não é um jogo, mas nós a transformamos em um. Será que se eu tiver filhos vou ser a mulher perfeita? Será que serei a mulher ideal se eu não os tiver? Parecia que a melhor coisa no mundo era deixar a vida te levar — apenas ser dócil, acolhedora, feliz e tranquila, sem arrumar confusão. Eu não sei por quê, mas isso me pareceu o mais perto da sabedoria que um ser humano já chegou.

Então eu vi uma pessoa que parecia estar no meio da vida — eu os via em uma metrópole, como se brilhassem e flutuassem através dela. Se alguém os convidasse para almoçar, eles iam. Eles estavam sempre rindo, e eram muito tranquilos — não faziam grande caso de nenhuma decisão ou qualquer outra coisa, pois sabiam que o que faziam não tinha importância. Angústia, maldade, inveja dos outros, ciúmes — não que alguém que nunca teve casos seja melhor do que alguém que traiu, mas a pessoa de coração aberto, bem-humorada e calorosa, que faz os outros rirem, era melhor que a pessoa recalcada, pequena e moralista. Era assim que as coisas pareciam.

Sei que escrever isso é uma ação ridícula, a ação de alguém que esqueceu o que aprendeu na noite anterior. Ainda assim, escrevendo isso, estou trazendo de volta aquela mesma sensação de tranquilidade, de felicidade, de leveza e de alegria. Posso senti-la voltando, mesmo que hoje seja um dia horrível, em que Miles e eu estamos tendo a pior de todas as nossas brigas.

Que nossas vidas, ainda assim, sejam tocadas, ou sustentadas, por esta força absolutamente incrível — mais brilhante que a soma de todas as vidas humanas — parece ser a maior das bênçãos. A vida é persistente, ela não abre mão da sua graça, e foi um prazer conhecê-la, mesmo que só por um momento — mesmo que eu não consiga mais sentir aquilo —, porque agora estou chateada demais com outras coisas — com Miles e com o que nós iremos fazer.

Acho que estou saindo de uma fase muito sombria, estou saindo dela agora mesmo. Acabei de hesitar antes de fazer a pergunta para a qual eu não queria ouvir *não*. A pergunta começava com *O meu destino é...?* Agora sou tão mais cuidadosa do que fui no ano passado, quando teria perguntado qualquer coisa para as moedas. Mas agora existem perguntas para as quais eu não quero resposta, e perguntas que acho que não devem ser feitas.

Miles saiu para jantar com o irmão. O que é uma noite no longo percurso da eternidade? Ainda assim, desde o primeiro momento, sempre pareceu que jamais teríamos tempo o bastante. E não temos. Nunca haverá tempo o bastante, porque eu o amo além do tempo, infindavelmente, eternamente. É ele que ouço agora, batendo os pés para tirar a neve das botas? Será que ele vai entrar e subir para o segundo andar? Não, não. É o menino do andar de baixo.

Não quero que Miles volte para casa agora, trazendo ansiedade e caos com ele — mas por que essa ansiedade? Por que o caos? Por que o meu corpo se impele em direção a ele com um desejo frustrado, com tudo frustrado?

Acabei de sair do chuveiro. O dia já está escuro, e a luz da minha cabeceira está acesa. Posso sentir a tristeza no meu coração causada por alguma coisa na internet, ou por tudo que vi e li. Quando o dia escurece, a tristeza não vai mais embora. Quero que Miles venha para casa. Eu o quero em casa agora, mas não há nada que eu queira fazer com ele aqui. Ainda preciso lavar a louça. Sinto um aperto no peito, a sensação de ser uma estrangeira na minha própria vida, sem ter como voltar para casa. Estou sentada na cama com a sensação de vazio da internet, e não há nada a fazer além de me sentir vazia — depois daquela visita a lugar nenhum. Tudo que há de vazio está em mim quando a noite chega — o frio chega, a tristeza chega, e aquela apatia chega, chega e chega.

No mês passado, comecei a pensar que *a alma do tempo* tinha algo a ver com casulos. E eu botei a foto de um casulo no meu fundo de tela — esta aqui:

Recentemente, descobri que a lagarta não cria asas e se transforma em borboleta dentro do casulo. Na verdade, a lagarta se transforma em uma papa. Ela se desintegra e, dessa papa, nasce uma nova criatura. Por que ninguém fala sobre a papa? Ou sobre como, para que qualquer mudança ocorra, precisamos ser nada por um tempo — ser papa. É aqui que você está agora — nesse estado de papa. Nesse momento, sua vida toda é papa. Mas se você fugir, você não poderá emergir como borboleta um dia. Por outro lado, talvez você jamais seja uma borboleta. Talvez você volte a ser lagarta. Ou talvez seja papa para sempre.

~

Estou sentada aqui, escrevendo, para descobrir o singelo segredo da minha existência — que tipo de criatura eu sou. Começo a sentir o meu peito se abrindo. A solidão da escrita está novamente voltando para mim — a sensação boa, leve, de estar só — a existência plena de estar só.

Talvez o casulo que preciso fazer seja o casulo que me envolve enquanto escrevo. Entrar nele todos os dias, então — nesse casulo de tempo e espaço, onde tudo fica parado, o meu eu se torna papa, e algo novo é criado. Dentro desse lugar da escrita, o tempo e o espaço ficam completamente disformes. A vida fica com algum defeito de alma.

Esse é o eu que eu reconheço como eu — um eu sem medo, o eu que é a minha melhor companhia. Não é uma versão de mim que está preocupada com fazer escolhas ou qualquer outra coisa; é um eu disforme, liberto. Quando eu era criança e alguém me perguntava que animal eu gostaria de ser, a minha resposta sempre era *tartaruga*. Talvez porque a tartaruga sempre está em casa? Mesmo naquela época, sempre preferi estar em casa. Talvez eu possa carregar minha casa nas costas, se minha casa não é nada além desse casulo, onde escrevo e me sinto bem.

Quero ficar nesse casulo o máximo possível, todos os dias — ficar nele tanto quanto eu puder, e passar todo o tempo possível dentro dele, e que ele seja minha carapaça, minha proteção contra o mundo. Ninguém pode partilhar dele comigo. Aqui dentro não tenho lágrimas, não sinto qualquer emoção; nem prazer, nem dor.

Mas quando boto a cabeça para fora da carapaça para interagir com as pessoas, tudo isso desaparece. A carapaça, o casulo, a papa.

Por alguma razão, você acha que encontrará na internet os mesmos prazeres que encontra aqui. Por que você vai lá quando realmente quer vir para cá? Pensando na internet, posso sentir as lágrimas voltando. Isso é porque meu corpo está se materializando. É o meu corpo voltando. É sinal de que já não estou na minha carapaça. Meu corpo se materializa, partícula por partícula, e deixo de ser parte do vazio. Volto a ser um eu, deixo de ser *eu nenhum*. Deixo de ser essa coisa paradoxal. Essa sensação causada pela internet passa depois de algumas horas, como um resfriado comum. A internet parece isso — um resfriado comum —, pois é comum, e é fria. Então não entre mais lá. Ou entre. Um friozinho no coração não é tão ruim. Mas você não precisa passar todas as horas do seu dia lá. Além do mais, você deveria estar trabalhando. Eu realmente preciso de uma quantidade de tempo infinita para trabalhar. O infinito soa tão assustadoramente impossível! — mas o infinito pode ser penetrado em momentos como esse. O que não significa que eu precise de uma quantidade de tempo infinita para escrever este livro, mas que preciso acessar o infinito do tempo. O infinito não é uma duração de tempo, é uma qualidade do tempo. E posso atingi-lo em momentos como esse.

~

Esperando por Miles na escada, me senti como a tartaruga que eu queria ser quando era criança. Minha cabeça estava esticada para fora da minha carapaça, mas eu podia sentir, nas minhas costas, a carapaça que criara enquanto escrevia.

E, ao deitar, havia uma bolha de felicidade dentro de mim, ou *eu* era uma bolha de felicidade, uma felicidade que há muito eu não sentia. A bolha de felicidade era a minha carapaça, me protegendo. E mesmo deitada na cama com Miles, senti que poderia encolher minha cabeça para dentro e encontrar a minha felicidade lá.

~

Passei quatro horas na internet na noite passada, lendo relatos de mulheres que sofrem por causa de seus humores e que me pareceram tão familiares — durante metade do mês, elas querem fugir de suas vidas e, na outra metade, se sentem bem. Desde que comecei a acompanhar meu ciclo menstrual, vejo que para mim é igual. Mas como posso saber se há ou não há algo de errado com a minha vida — quando metade do mês ela é um mar de rosas e a outra metade é feita só de espinhos? Devo confiar em qual dos lados? Será que nenhum dos dois é verdadeiro?

Algumas mulheres tomam antidepressivos por uma semana ou duas antes de ficarem menstruadas. Outras tomam remédios durante o mês inteiro. Algumas mulheres são contra os remédios por razões políticas — mas, aparentemente, elas não são as que estão padecendo. No início, as mulheres cujos relacionamentos com seus parceiros e pais e filhos estavam arruinados não queriam acreditar — dar às pessoas próximas a satisfação de terem identificado que o problema era a TPM — especialmente porque, por terem TPM, elas passavam uma grande parte do mês com ódio dessas pessoas.

Não quero ser como elas, precisar ser medicada para conseguir viver — admitir que existe dentro de mim algo que não pode ser contido apenas com força de vontade. Mas, mais do que isso, não posso viver assim até a menopausa, passando metade do mês engelhada em lágrimas. Metade do mês botando tudo abaixo, e a outra metade, reconstruindo tudo novamente. Só de pensar nisso, tenho vontade de morrer.

Então, talvez eu fale com meu médico — ou tente falar.

OVULANDO

Aquela sensação de antigamente, quando estávamos trepando, o seu pau bem fundo dentro de mim — eu sentia, no âmago daquela escuridão, que ele e eu éramos, ou seríamos, *ancestrais*. Sou capaz de entender nós dois, nossas brigas, a complexidade de tudo, quando nos vejo como ancestrais.

Eu nunca pude dormir ao lado de outros homens, ou achava estranho o pau deles dentro de mim — simplesmente errado. Com Miles, tudo se encaixa de um jeito tão lindo. Quando trepamos pela primeira vez, percebi que meu corpo sempre se continha, mesmo que um pouco, com outros homens. Mas meu corpo não rejeita nenhuma parte de Miles quando estamos nus.

Talvez a vida tenha me prendido a esse homem porque ela quer que nós nos reproduzamos. Mesmo que você ache que não quer, algum ímã te puxa para ele, te mete em um apartamento com ele, faz você pensar sobre casamento, filhos — tenta te arrastar nessa direção.

Talvez você possa resistir a ter filhos, mas você ainda está vivendo com um homem depois de tantos anos. E o que você está fazendo com a sua cabeça? Será que ser mulher se resume a isso — permanecer obstinadamente em um lugar, porque o corpo dela acha que se ela ficar tempo o bastante em um lugar, ela terá um filho? Ela não quer um bebê — mas o corpo dela não acredita nela. Lá no fundo, ninguém acredita nela. Lá no fundo, nem ela acredita em si própria.

~

Eu já estou confiando nessas moedas há muito tempo. Será que eu não deveria ouvir mais a razão?
sim
E será que deveria estar prestando mais atenção aos meus instintos?
não
Mas não sinto que isso está certo. Eu sinto que eu *deveria* estar prestando mais atenção aos meus instintos. Ou será que é isso que está causando tantos problemas há tanto tempo?
não
Será que eu, na verdade, não estou causando tantos problemas?
não
Não, então eu causei problemas?
não
Dificuldades em me expressar?
não
Dificuldades em compreender o que está sendo expressado?
sim.

~

De agora em diante, quero seguir meu coração, fazer aquilo que é verdadeiro para mim. Em vez de confiar em mim mesma, confiei no mundo. Por que fiz isso por tanto tempo? Será que ouvir minha intuição já deu errado alguma vez? Sim, frequentemente. Mas será que a liberdade para cometer esses erros não foi maior que todos os conselhos do mundo?

Hoje conheci o bebê de Libby, com dois meses de idade. Ele estava dormindo em seu bercinho azul. Libby me disse que, no momento em que segurou seu filho em seus braços, ela pensou: *Nunca mais preciso conhecer outra pessoa.* Ter conhecido seu filho era o bastante para ela. Finalmente se sentiu saciada, saciada de um jeito que todos os músicos, poetas, pintores, príncipes, cineastas e farsantes jamais haviam conseguido, apenas a deixando mais faminta do que antes.

Deitado no seu bercinho, o bebê parecia estar esperando a vida passar na sua teia mágica — essa teia que havia capturado mais uma alma para mantê-la presa por tantos anos e depois finalmente soltá-la. O bebê parecia um peixe cintilante em uma rede prateada, uma alma brilhante, que pulsava; não importava o que ele faria com sua vida, estar lá já era tudo. Percebi que nossas vidas não se resumem à ação, não se resumem à contemplação, elas simplesmente se resumem a estarmos lá, suspensos na teia da vida — aqui por um breve tempo, reluzindo e cintilando contra o sol, alçados das profundezas do oceano até as alturas onde todos podem vê-lo, depois mais uma vez afundado — anônimo, perdido.

Para que criar uma salmoura para um bebê em minha barriga? O que poderia me convencer a fazer algo tão cheio de esperança — puxar esse peixe cintilante do mar mais profundo, prendê-lo nessa linda vida, um peixe reluzente em uma rede prateada?

Libby disse que eu tinha uma alma jovem, ou devo ter, que ainda estava descobrindo o mundo — ela quis dizer que minha alma não era velha o bastante para querer fazer um bebê. Mas eu disse que tinha, sim, uma alma velha *demais* para passar por isso de fato — ter o otimismo, a paciência, o cuidado. É provável que eu seja apenas uma velha montanha rochosa, endurecida e rabugenta, que não quer nenhuma família feliz fazendo piqueniques e se arrastando pela minha barriga.

~

Ao criar um filho que saiu de seu próprio corpo, Libby foi para um lugar onde eu não posso — ou não quero — ir, algo que não posso fazer por ser covarde demais, ou por me conhecer bem demais. Sou incapaz de fazer isso, ou não quero fazer — viajar nesse trem para o submundo para onde ela está indo. Ela foi para um submundo e parece que ele é um tabu para mim, pessoalmente, enquanto eu estou viajando para um lugar que parece ser um tabu para ela. E ela não pode ir exatamente para esse lugar de pensar sobre isso, de questionar isso. Isso a assusta tanto quanto ter um filho me assusta.

Existem tantos submundos para onde podemos viajar, não apenas um. Existem tantos tabus e lugares proibidos para cada um de nós. Não consigo entender como ela pode entrar na maternidade tão despreocupadamente, sem qualquer hesitação —

encarar tudo que isso exige, aceitar essa nova vida na vida dela, o que para mim parece a morte. Mas, para ela, meu caminho parece a morte, ou lhe parece proibido de alguma forma.

Acho que teremos que viajar sozinhas. E inevitavelmente isso criará ressentimentos entre nós. Talvez um dia nós possamos fazer companhia uma à outra novamente, mas por enquanto parece impossível. Ela se ressente da minha liberdade, do privilégio de todos meus questionamentos, e eu me ressinto do seu privilégio de adentrar uma vida nova, sem sentir o fardo de todos esses questionamentos.

É claro que na vida existem algumas trilhas já batidas, da mesma forma como você acha uma passagem no meio de um espinheiro e segue por essa trilha mais facilmente. Para ela, adentrar a maternidade parece natural, assim como para mim as dúvidas parecem naturais. Mas as minhas perguntas, para ela, não são uma passagem na floresta, são só espinhos letais, sufocantes — assim como a maternidade me parece um jardim de espinhos que me furariam até a morte.

Como é difícil entender a ação do outro — enquanto para mim parece que algo foi roubado dela, para ela parece que eu fiquei empacada. Ambas parecemos tão covardes e tão corajosas. A outra parece ter tudo — e a outra parece não ter nada.

Mas nós duas temos tudo e não temos nada. Nós duas somos tão covardes e tão corajosas. Nenhuma das duas tem mais do que a outra, e nenhuma das duas tem menos. É tão difícil enxergar isto: que nossos caminhos se equivalem; que ter um filho por instinto e não ter um filho por dúvida resulta em vidas iguais, a quantidade de vida dela e a minha é a mesma. Mais do que qualquer outra coisa, aflige o coração pensar que a mulher sem filhos e a mãe são equivalentes, mas deve ser assim — existe uma equivalência exata e uma igualdade, iguais no seu vazio e iguais na sua plenitude, iguais em experiências tidas e iguais em experiências perdidas, nenhum caminho é melhor e nenhum caminho é pior, nenhum é mais assustador ou menos repleto de medo.

Esse é o fato insípido que não conseguimos digerir. Deve ter algo mais, então continuamos botando tudo na balança para ver qual lado penderá, mesmo que só um pouco mais. Porém nenhum lado pende mais que o outro. Ambos pairam no ar, na mesma altura. Não posso ser melhor do que ela, e ela não pode ser melhor do que eu. E isso é o que mais nos incomoda.

Eu estava no supermercado quando começou. De repente, me senti destemida. Nunca havia me dado conta de que eu sempre senti tanto medo. As pessoas fazendo suas compras ao meu redor pareceram menos ameaçadoras do que antes, quando eu tentava evitá-las e desviar meus olhos. Agora eu podia encontrá-las sem preocupação, e continuei a caminhar pelos corredores, empilhando coisas nos meus braços. Quando despejei minha comida na esteira, a caixa ergueu os olhos para mim e disse: *As mulheres sempre fazem isso; os homens pegam uma cesta. As mulheres sempre tornam suas vidas mais complicadas.* Concordei. Sempre pensei que não pegar a cesta economizava tempo. Rimos.

Caminhando para casa com as compras em duas sacolas plásticas brancas, o mundo parecia mais radiante e alegre. Então percebi que eram os remédios fazendo efeito. Como é que antidepressivos podem ser *legalizados*? Será que metade da população anda por aí se sentindo o tempo todo assim — borbulhando com tranquilidade e leveza?

Naquela noite, ao me preparar para dormir, Miles cantou

uma canção terna e engraçada que ele inventou sobre mim na hora, e eu disse para ele, com desconfiança: *Por que você está sendo tão gentil comigo?* E depois falei: *Será que você sempre é gentil comigo?* Ele disse: *Sim.*

Ao longo da semana seguinte, fui tomada por uma enorme descarga de pensamentos e sentimentos — eles transbordavam, ultrapassando a parede alta e espessa entre mim e o mundo, a parede que havia me impedido de enxergar, enquanto dava a impressão de que eu realmente estava enxergando. Tudo sempre foi tão barulhento, tão próximo. Tudo sempre me machucou tão dolorosamente, eu quis pensar sobre o mundo, mas as minhas ansiedades me forçavam a pensar sobre mim mesma — como se esfregassem uma ordem na minha cara: *primeiro você precisa resolver esse problema — o problema que é você mesma.* Mas não passava de um desfile rotativo de não problemas — por exemplo, quando eu combinava de encontrar alguém para almoçar dentro de três dias. Antes, esse *problema* me preocupava completamente e me impedia de pensar em qualquer outra coisa. Dias perdidos pensando em um compromisso — e esse problema inquieto e aflito que é viver agora foi tão facilmente afastado pelos remédios. Antes, eu sempre estava fazendo de tudo para me proteger, mas agora eu começava a sentir que a proteção vinha de dentro — como se eu não tivesse que me preparar para cada possível catástrofe, como se cada célula do meu corpo estivesse envolta em uma armadura.

~

Antes dos remédios, tristeza e ansiedade eram tudo que eu conhecia. Todo mundo diz que se você consegue afastar suas ansiedades, você deve fazê-lo. Eu sempre quis mandá-las para longe, mas queria fazer isso pelos meios convencionais — meios que não funcionaram —, mergulhando no meu passado, na religião, na espiritualidade, nos sonhos — não pelos meios modernos, que são fáceis, e que funcionam. Por enquanto, nenhum efeito colateral perceptível, exceto uma leve tensão na mandíbula e a capacidade de dormir o dia inteiro se eu assim desejar.

Por que uma pessoa moderna deveria padecer de problemas do século XX? Os problemas da psique — alguém que vive hoje não precisa padecer por eles! Então eu, como muitos outros, optei por não padecer. Desembaraçar meu passado é o mesmo que me perder em fantasias, e eu já me perco em fantasias o bastante. Me dê logo os remédios! Pelo menos por alguns meses, um ano, dez anos — só para descansar um pouco. Se existe uma cura, não seria desonesto não aceitá-la? Isso não é o pior tipo de romantismo, não é quase cultuar uma seita?

~

Essa sou eu voltando. Essa sou eu voltando para um interior que eu não sabia ser tão intenso. Não percebi que eu estava tão separada do mundo. Os remédios parecem estar funcionando, é tudo que posso dizer. Os remédios realmente parecem estar funcionando. O medo dentro de mim, a ansiedade, está sendo contido por esses remédios. Nunca me senti tão forte, ou tão plenamente consciente das possibilidades da minha vida.

~

Ainda assim tenho medo de que esses remédios tenham tirado meu direito à palavra. Não posso fingir que achei respostas ou alguma grande sabedoria. Acho que são os remédios os responsáveis por eu me sentir menos mal, não algo que eu tenha descoberto. Durante os anos que passei dependendo de epifanias para me sentir melhor, a sensação durava dez minutos, ou um dia, mas não mudava nada de verdade. Se estou contrariada? Se estou decepcionada? Sim, um pouquinho. Queria me livrar da dor com minha própria mágica, mas acho que nossas alquimias particulares nunca funcionam tão bem quanto os remédios. A filosofia, a psicologia, Deus, anotar os seus sonhos — essas coisas funcionam tão bem quanto uma sangria, ou sanguessugas, ou qualquer outra intervenção médica que não funciona.

Que tipo de história é essa em que a pessoa vai caindo, caindo, caindo e caindo — mas em vez de ter alguma revelação, enxergar a verdade e transcender, ela cai um pouco mais, depois toma remédios, e então se ergue? Não sei que tipo de história é essa.

Será que este livro sempre foi apenas a prova do meu medo profundo de tudo, de tudo que há na vida, e das coisas mais importantes para mim?

sim

Então este é o *livro do diabo*, ou o *livro diabólico*?

não

Este é o *livro do anjo*, ou o *livro angelical*?

sim

Porque tenho lutado com um anjo?

sim

E agora eu não tenho mais medo?

sim

Será que um dia terei medo dessas mesmas coisas de novo?

Hoje bem cedo, antes de sair de casa para visitar minha mãe em sua nova casa ao leste, sonhei que estava deitada no gramado de uma sinagoga perto do lugar onde cresci. Sentada do meu outro lado estava uma mulher com ar profissional, atenciosa, não muito emotiva. Falávamos sobre minha mãe e sobre como ela não estava muito presente quando eu era criança. A mulher, cujo nome era To Carin (eu lembrei disso quando acordei porque seu nome soava como *tocar* se se juntasse o nome e o sobrenome), não entendia por que precisei ter tantas babás. Ela entendeu que a minha mãe era médica e trabalhava, mas para ela isso não necessariamente significava que eu precisasse dessas mães substitutas. Expliquei que não era tão ruim, era legal — contei que as minhas babás eram muito carinhosas. Eu achava isso bom quando era criança. Eu me lembro de uma delas me levar para o seu bairro diferente, para a casa maravilhosa do irmão dela. Os cheiros diferentes, os móveis diferentes, carpete nas escadas; eu amei estar lá. Isso começou a me deixar emocionada e angustiada. Finalmente, To Carin me disse que tinha que ir, e atravessou a rua, caminhando em direção ao metrô. Afoita, pedi o endereço de e-mail dela. Era tocarin@gmail.com.

Observando-a se afastar, percebi que havia inventado uma história quando eu era pequena: a de que uma mulher que trabalha e dá profundo valor ao seu trabalho não pode ser uma mãe carinhosa e atenciosa; que não era *possível* ser ambas as coisas — que para conseguir entender minha mãe, e para justificar por que ela sempre me mantinha a tamanha distância, só poderia ser porque, existencialmente, a pessoa *não pode* se importar com seu trabalho e com seu filho ao mesmo tempo. Então não era culpa da minha mãe. E também não era minha culpa.

~

Percebi, enquanto sonhava, que To Carin poderia ser Caronte, o barqueiro do Hades, a terra dos mortos. Então mergulhei ainda mais no sono e corri pela movimentada avenida de quatro pistas, parando brevemente nos espaços cobertos de grama entre as pistas, enquanto os carros corriam nas duas direções. Então atravessei as pistas restantes e entrei na estação de metrô de Eglinton West, atravessando as portas de vidro, e passei correndo pela catraca. Desci a longa escada rolante, para a plataforma do sentido sul.

Enquanto seguia To Carin, perguntei a mim mesma se ela na verdade era a babá que morou conosco, que segurava minha mão quando eu tinha seis anos. Viajando conosco no metrô, havia um homem estranho que estava nos seguindo, ou pelo menos pensei que estava — ele nos encarava de uma forma que me deixou assustada. Eu me lembrei que segurava a mão da babá e dizia a ela que estava com medo. Ela me abraçou apertado e disse: *Você não precisa se preocupar. Antes de sairmos, eu rezei por nós.* Eu nunca tinha ouvido ninguém dizer algo assim. Minha mãe não acreditava em Deus, e meu pai desdenhava de quem acreditava. Então, como ela tinha essa fé, essa *coisa* — eu quis ter isso também. Eu queria tanto ser religiosa, como eu achava que ela era. Era mesmo um superpoder. Mas eu também sabia que eu nunca teria a fé que ela tinha — que eu já estava velha demais para ter isso, porque eu sabia que Deus não era de verdade. Mas para ela, *era* de verdade, ou era de verdade o bastante, pois ela não tinha medo.

~

Na parte de baixo da escada rolante, encontrei To Carin. Andei até ela e fiquei a seu lado.

Notei que na plataforma oposta, entre as pessoas que aguardavam o trem, estavam dois cachorros grandes. Eu os havia visto correndo para dentro da estação quando eu entrei, correndo em grandes círculos largos, depois descendo as escadas. Depois de poucos minutos, o trem se aproximou. As portas se abriram. Quando as portas se fecharam e o trem partiu, só um cachorro permaneceu na plataforma, olhando ao redor em busca de seu amigo.

Fiquei olhando o cachorro, preocupada com ele, e triste. Fiquei angustiada porque ele havia perdido o amigo, e ansiosamente o procurei pela plataforma. Então meu trem chegou. Percebi que não havia pagado o bilhete, mas tinha me esgueirado pela entrada do maquinista no andar de cima.

Quanto é? Perguntei para To Carin.

Três moedas, ela disse.

Depois de hesitar por um momento, dei-as a ela, e entrei.

No trem, senti que estava sendo levada para longe, para ainda mais longe das minhas amigas mães e da Libby, como o cachorro que entrou no trem que estava indo na direção oposta a seus amigos, sem perceber o que ele tinha feito, sem entender o significado daquilo.

Minha mãe abriu a porta da frente com um sorriso meigo e orgulhoso. Ela andou comigo pela casa, que antes fora um galpão, mas que havia sido reformada para que se parecesse com uma casa de classe média comum. Ela admitiu que raramente saía, pois, mesmo aposentada, continua trabalhando de algum jeito. Ela não se importava. *Eu ficava preocupada achando que estava perdendo todas as coisas que estavam acontecendo no mundo*, ela disse.

Também me preocupo com isso.

Mas não está acontecendo nada no mundo. Não se preocupe, ela me disse. *Você não está perdendo nada.*

~

Conversamos sentadas em poltronas forradas com um rico veludo cor de romã. E as paredes estavam pintadas de um amarelo sutil. Os acabamentos de madeira eram tingidos com a cor de nogueira, e em toda parte havia alguma quinquilharia — um urso de porcelana segurando uma esponja de lavar louça, ímãs de ursos no fogão, e outros ursos, meigos, de pelúcia, nos armários e nos parapeitos das janelas.

Seu escritório no segundo andar era recoberto de prateleiras, cobertas por livros sobre mitologia, astronomia e anatomia — livros que traziam coisas reais dentro deles, que correspondiam não só ao mundo humano, mas ao mundo da natureza. Dentro deles, havia algo sobre gramas e arbustos que se agitavam nas encostas fora de sua casa, e algo sobre as ondas que açoitavam as pedras; algo sobre a salinidade da brisa marinha que se ergue contra a beirada das falésias, onde os carneiros pastavam nos pastos próximos ao lugar onde ela morava.

Em seu escritório havia um tapete persa que cobria o chão e cadeiras mais macias. Ali, ela abriu uma porta que eu pensei que levasse até outro quarto, mas fiquei surpresa quando vi que a porta levava ao galpão vasto e cavernoso que deu origem à casa dela. A luz penetrava pelas frestas, e havia tábuas angulosas e apodrecidas, e poeira, teias de aranha e escuridão por toda parte. Fiquei tonta — como se ela estivesse me mostrando o porão do inconsciente de sua mente. Quanto será que conseguimos nos afastar das estruturas mais obscuras de nossas mentes? Era como se o espaço em que ela vivia nunca pudesse estar muito distante do seu eu mais profundo — sempre estaria tão próximo, logo ali, atrás de uma porta fechada. E que isso acontecia com todos nós — você pode mobiliar a escuridão e arranjar sofás e viver lá, feliz, mas basta abrir uma porta para despencar rumo às sombras mais escuras.

~

Certa noite, já tarde, depois que minha mãe já havia dormido, escrevi para minha antiga professora de Estudos Clássicos e perguntei a ela sobre as palavras *to carin*, que tinham ficado na minha cabeça. Mais cedo, sem esperar muita coisa, eu havia procurado por essas palavras na internet, e descobri que elas apareciam na peça *As rãs*, de Aristófanes. Então perguntei se ela podia me explicar isso — o que significava *to carin*. A resposta chegou no dia seguinte:

Em inglês pronunciaríamos "to carin" como "to karin", com um som de *k* parecido com o do nome Karen. *Carin* é um cognato bem próximo de *Caronte*, o barqueiro do Hades que atravessa o rio Estige com as almas.

Por si só, *charin*, pronunciado *carin*, pode significar *graça, favor, uma ação bondosa*, mas quando acrescentamos o *to*, se transforma em uma frase, como *por favor* em espanhol. *Cáris* aparece na frase, *Para a satisfação dela. Pelo prazer de fazer. Pelo prazer da minha carne. Uma oferta como consequência de uma promessa. To Charin* pode significar *Por causa de, pelo bem de, porque, por razão de, em favor de, pela satisfação de* — algo.

Então Dionísio diz: "Eu desci [para o Hades] por um poeta".

"Por que razão?" (to carin)

Em algumas versões da peça, Dionísio faz essa pergunta a si mesmo, retoricamente. Em outras, Héracles pergunta isso para ele diretamente. Então ou Dionísio está se fazendo a pergunta, *Por que razão estou fazendo isso (essa ação bondosa)?* — referindo-se à sua descida ao Hades. Ou então, na voz de Héracles: *Por que você está descendo?*

Na literatura grega, a descida para o Hades sempre tem certa qualidade onírica, já que o Hades e os sonhos estão muito ligados. E a razão que Dionísio dá para sua descida é o resgate de um grande autor de tragédias antigo. Trazê-lo de volta ao mundo dos vivos traria alento para os atenienses enfraquecidos em um momento difícil.

~

Nos dias que se seguiram, minha mãe me levou de carro pela sua pequena vila, mas passei o tempo todo sonolenta. Pedi desculpas por estar tão cansada. Ela queria que almoçássemos perto de um canal, onde dois cisnes flutuavam sob uma ponte de madeira, mas eu ficava bocejando, e estava desesperada para voltar para casa e dormir. Finalmente voltamos, e eu tirei uma soneca no colchão inflável que eu mesma enchi.

No meu sonho, me vi de frente a um espelho, e eu sabia que tinha que ir além do espelho — então, reunindo toda minha força, e sabendo que isso exigia uma gigantesca demonstração de fé, saltei através dele. Então me vi despencando por um órgão tubular — uma vagina ou uma traqueia. Enquanto estava despencando, disse a mim mesma para despencar sem medo, porque eu sabia que era um sonho, então não poderia me machucar, e eu queria penetrar mais profundamente na minha psique, e eu sabia que era isto que essa queda representava. Quando aterrissei no fundo, estava no porão úmido da casa onde cresci; havia um álbum de fotos no chão, e comecei a folheá-lo. Achei uma fotografia do rosto da minha mãe, com a expressão que ela sempre trazia quando eu era criança; cheia de desconfiança, infelicidade e distância. Depois, virei a página e vi o close de um outro rosto — sorridente e repleto de grandes dentes brancos e olhos alegres. Quando acordei no chão — o colchão havia esvaziado —, me senti diferente, como se pudesse escolher a felicidade daquele rosto sorridente ou a infelicidade de minha mãe. As coisas não precisavam ser tão graves o tempo todo. Mas como o rosto da minha mãe estava tão profundamente dentro de mim! Como ele estava no porão, no galpão abandonado, na minha alma — tão próximo, logo ali.

274

~

Durante minha infância, frequentemente acontecia de a família toda estar sentada à mesa da cozinha, jantando. Então, sem qualquer aviso prévio, minha mãe começava a chorar, e se levantava e corria para seu quarto, aos prantos. Muitas vezes eu a segui, mas ela não abria a porta, me dizendo para ir embora — ela não queria me ver ou ser consolada.

Depois de um tempo, parei de segui-la. Continuávamos na mesa, e apenas seguíamos conversando, como se nada tivesse acontecido.

~

Despertei do meu cochilo e entrei na cozinha, e minha mãe e eu sentamos à mesa e bebemos o café que ela acabara de ferver no fogão. Ela disse: *Falei com seu pai por telefone na semana passada e ele disse que talvez seja bom nós não termos netos — considerando que o meio ambiente está em um estado deplorável e o que vai ser do mundo daqui a cinquenta anos.*

A intimidade que meu pai e minha mãe tinham por estarem ligados ao mesmo destino — *talvez seja bom "nós" não termos netos* — me causou estranhamento, como quando eu era criança: timidamente responsável por manter meus pais unidos na interminável experiência de ter filhos.

~

No dia seguinte, sentada sozinha nas falésias, com a vista para o mar, mesmo tendo trazido meu caderno, não consegui escrever, com tanta beleza ao meu redor. A beleza da natureza não podia ser capturada, e nada do que escrevo poderia se equiparar ao seu esplendor. Quando voltei para a casa depois de correr morro abaixo, entrei na cozinha da minha mãe e vi que ela havia servido frutas fatiadas, e havia ligado o rádio e estava ouvindo um programa. Tomei uma chuveirada e me troquei e, quando voltei para a cozinha, ela estava preparando o prato de um livro de receitas para o jantar, com tomates e vinagre balsâmico e o salmão que havíamos comprado mais cedo no peixeiro da cidade. Quando eu era criança, a única coisa que ela fazia era *schnitzel*.

Minha mãe me contou sobre seus planos para a reforma do resto do galpão. Ela queria expandi-lo, fazer um apartamento para ela no primeiro piso, com um quarto e uma banheira, para que ela não tivesse que subir as escadas quando ela *ficasse decrépita*.

Desde a minha meninice, me cuidei para não ficar imaginando a beleza de ser uma mulher vivendo sozinha em uma casa à beira-mar. Agora, porém, eu via a beleza de uma vida que poderia ser minha.

~

Na manhã seguinte, espreitei o interior do armário enquanto escovava os dentes, e vi um frasco de pílulas azuis e amarelas por trás do vidro espelhado, junto ao enxaguante bucal, uma sombra de olho, e diversas escovas de dente esgarçadas e amareladas. O nome de minha mãe estava no rótulo.

Quando entrei na sala com o frasco e perguntei a ela sobre os remédios, ela admitiu que os havia tomado algumas vezes durante os últimos anos. Subitamente tudo fez sentido: senti que as memórias que tinha da minha mãe podiam me dizer se ela estava ou não tomando os remédios. Com eles, ela é mais alegre, acolhedora e agradável. Sem eles, ela é mais triste e retraída, mas mais intensa de algum modo — uma figura imponente cheia de um poder incrível.

~

Quando minha mãe entrou no meu quarto para dar boa-
-noite, eu disse a ela que a amava e, apesar de já ter dito isso
muitas vezes antes, dessa vez ela disse, com um sorriso engraçado em seu rosto: *Eu fico surpresa por você me amar, já que eu te
negligenciei tanto.* Ela disse isso antes do divórcio, quando estava
concentrada em manter o seu casamento, não em amar os seus
filhinhos. Ela continuou: *Prestei atenção nas coisas erradas.* Percebi como ela teria sido uma pessoa diferente se tivesse se con-
centrado em nós, mas parecia estranho que isso fosse uma *escolha.* Com isso quero dizer que *escolha* parecia a palavra errada
para algo que, para mim, simplesmente era o que era, e não poderia ter sido de qualquer outra forma.

Pouco antes de minha mãe sair do quarto, ela falou, com
certa confusão, sobre as mulheres que dizem que a criação dos
filhos é a coisa mais importante na vida delas. Eu perguntei a ela
se a maternidade havia sido a parte mais importante de sua vida,
e ela corou e disse: *Não* — no mesmo momento, eu a interrom-
pi e disse: *Você não precisa responder. Eu estava lá.*

~

Minha mãe me surpreendeu quando sentamos em seu sofá,
no dia anterior a minha partida — eu contei que meu pai estava
bravo com ela desde o último encontro deles, e contei que meu
irmão também estava bravo. Em vez de se criticar com autoco-
miseração, ou fazer planos aflitos para reconquistar o amor deles, como ela costumava fazer, ela disse: *E daí? Eu não vou me
matar.*

O que você quer dizer com isso?, eu perguntei. Eu nunca tinha escutado ela dizer algo assim antes.

Ela disse que ia aproveitar a sua vida apesar da raiva que eles sentiam dela — ela não iria se matar porque seu ex-marido e seu filho estavam chateados com ela por seus próprios motivos.

Quando ela disse isso — *E daí? Eu não vou me matar* — algo aconteceu dentro de mim. Se ela não vai se matar, então eu também não vou — por nada desse mundo. Você já sentiu que não poderia ser mais do que a sua mãe foi? Então é maravilhoso quando a sua mãe sobe mais um degrau na escada e deixa para trás o lugar em que sempre esteve.

Peguei um voo para o Sul, para encontrar Miles em uma cidade à beira-mar, onde nos juntaríamos a sua filha e à mãe dela. A filha foi batizada com o nome dessa cidade. Ficamos em um hotel na praia, em dois quartos, e passamos três dias na areia. Foi uma experiência, uma experiência promissora: a primeira vez que nós quatro viajamos juntos.

Fazia muito calor no segundo dia, e Miles e a filha foram até a praia comprar sorvete para todos nós. A mãe dela e eu nos viramos uma para a outra, deitadas nas toalhas de praia, e dissemos: *Você quer entrar no mar? Sim.*

Vinte minutos depois, eles voltaram do quiosque com sorvetes nas mãos. Então a filha de Miles se afastou dele e foi ficar de frente para o mar. Segurando os sorvetes, ela nos observou — a mãe dela e eu — flutuando nas ondas ao longe. Vê-la nos vendo nadar juntas talvez tenha sido um dos momentos mais maravilhosos da minha vida.

∼

Aqui estou eu — de volta ao meu apartamento repleto de livros. Os solitários preenchem suas vidas com livros. Não vivo na natureza. Não vivo na cultura. Não vivo nos meus relacionamentos, eu vivo nos livros. Mas de que valem todos os livros do mundo, escritos pelos homens mais solitários que já existiram?

Essa noite, nem Miles nem eu conseguíamos dormir, então ele tirou meu pijama e me chupou até eu gozar, depois trepamos, depois o chupei até ele gozar e ele gozou fazendo muito barulho, gritando em um travesseiro. Depois nos deitamos nos braços um do outro, mas eu não conseguia dormir por causa do jet lag, então vim para este quarto e li sessenta páginas de um livro, depois ouvi a chuva batendo forte na janela, com uma única luz acesa, e bebi meu chocolate quente. Quando acabei, folheei as revistas que ficam empilhadas no aparador, e decidi que hoje jogaria algumas delas fora.

Hoje de manhã, temi que talvez estivesse grávida. Senti isso tão intensamente: *Mas eu não quero ter um filho!* Na volta da farmácia para casa, com a luz do sol jorrando sobre mim, ao atravessar o parque onde crianças brincavam, tomei a pílula do dia seguinte.

~

Uma medida de impaciência, uma sensação ruim durante a caminhada, havia girassóis demais margeando a extremidade do gramado, não havia sol o bastante para todos, a distribuição de amor é totalmente desigual, a sensação de que alguém depende de você, a sensação de que você está fracassando. A sensação de que na vida restam poucas coisas pelas quais devemos lutar; uma vez que se conquista algo, resta pouca coisa a se fazer. A sensação de inutilidade, do fim do mundo se aproximando, de não enxergar propósito na vida dos outros, todo mudo fazendo tudo que dá vontade de fazer, sem participarmos de um propósito único em direção ao qual caminhamos. E outra sombra escura sobre o gramado escuro: o fato de que, para uma mulher entregue a curiosidades, nenhuma decisão jamais parecerá ser a certa. Nas duas, falta muita coisa.

O que posso dizer, além de: perdoo a mim mesma por todas as vezes em que deixei de me arriscar, por todas as vezes em que minha vida se estreitou e se reduziu. Entendo que o medo nos guia tanto quanto as possibilidades, talvez até com mais força.

~

Eu deveria ter imaginado que isso aconteceria desde o começo. Todas as vezes em que imaginei ter filhos, senti uma vertigem e uma trepidação que não são em nada parecidas com o que senti ao assumir outros compromissos, vindos de um lugar mais profundo e mais estável. Esses compromissos parecem escuros, concretos, combinando vantagens e desvantagens em partes iguais. Mas pensar sobre ter filhos sempre me deixa tonta, ou eufórica, como se houvesse inalado gás hélio, como todas as coisas em que me joguei sem pensar e, com a mesma impulsividade, abandonei.

Hoje, quando eu voltava do banco, um velho, ao sair de sua garagem, não olhou para mim, apesar de eu ter passado bem perto. Isso me deixou feliz, pois nunca gostei de ser olhada. Como é libertador escapar das garras desse mundo e adentrar outro mundo — um que não é tão dominado pelos desejos dos homens, mas que se esgueira pelas brechas dos desejos deles. Só quando a mulher deixa de ser atraente para os homens consegue ficar em paz por tempo o bastante para pensar de verdade.

~

Estou tão aliviada por tudo isso ter acabado — como se uma tempestade tivesse passado sobre a minha alma. A tempestade passou e as nuvens deram lugar a um dia mais claro, iluminando o mundo inteiro ao meu redor. Consigo enxergar novamente — aquilo que vi antes, ao longo de toda minha vida — como a vida pode se estender em todas as direções. Antes, quando os pensamentos sobre filhos estavam próximos, eu não conseguia conceber a distância ou a profundidade de uma vida sem eles. Ela parecia ser só vazio, tédio, pobreza — parecia que todas as coisas que eu amo jamais seriam o bastante, jamais iriam suprir essa falta; que algo sempre estaria faltando na minha vida.

Mas agora que estou mais velha, minha velhice faz com que eu não os queira. Minha vida não é uma vida especulativa, ou o projeto de uma vida a ser construída no futuro. É só a minha vida. Essa velhice é uma sensação boa — a sensação de que não há mais nada a ser decidido. O que vai acontecer agora está além da tensão de tomar uma decisão, ou do estresse da luta contra a natureza, tentando impor aquilo que é verdadeiro para mim apesar do que a natureza quer.

Quando a biologia me deixou de lado, senti um imenso alívio, uma espécie de êxtase. Se você não tem filhos, depois de certa idade, você se torna o seu próprio filho. Você começa a vida de novo, mas agora com você mesmo. E o que farei com todo este tempo? Mas o tempo não é aquilo com o qual você faz algo — o tempo é que faz algo com você.

Admita que você esperou demais, que o momento para se fazer algo já passou. Pode ser que seja tarde demais não só por razões biológicas, mas porque o momento realmente passou. Se o sol já se pôs, você não pode chamar sua refeição de café da manhã. Estou no entardecer da minha vida. O café da manhã é o momento para se ter filhos.

~

Jamais pensei que, quando chegasse nessa parte, eu estaria tão velha — que o que aconteceria seria simplesmente envelhecer, o tempo cumprindo seu papel, tocando seu instrumento — eu. Isso também é tão assustadoramente simples, o fim de todo esse questionamento — mas também inesperado. Eu me questionei tão intensamente, por tanto tempo, sobre ter filhos, mas agora que estou envelhecendo, penso cada vez menos nisso — com algum alívio, um pouco de angústia, mas, na maior parte do tempo, sem qualquer emoção.

O que eu não compreendi completamente é o fato de que, na verdade, estou no fim dos meus anos férteis, o que significa que ninguém quer me ouvir fazendo as perguntas que mais temo, quando esses questionamentos já não fazem qualquer sentido. Não consigo reconhecer isso totalmente — que o tempo para decidir já passou. Não consigo dizer isso de forma franca, ou aceitar que perdi minha chance, ou que fiz tudo que podia para perdê-la — que eu *queria* perder a minha chance. Que era uma chance que eu nunca quis, mas ainda assim me sentia obrigada a considerá-la — considerá-la até o último segundo — antes de finalmente dar as costas a ela.

Não seria injusto dizer que estou perdendo alguma coisa — mas também que eu talvez prefira perder isso.

Fiquei firme quando fui atingida pela onda que tentou me carregar para o sono — o sono que faz bebês —, pois certamente é no sono em que a natureza faz o que quer de nós. Ter conseguido me livrar de suas garras parece algo tão extasiante e íntimo quanto ter um filho, mas o oposto de um filho, já que o que eu ganhei quase não pode ser visto.

Não preciso viver todas as vidas possíveis, ou experimentar esse amor em particular. Sei que não posso me esconder da vida; que a vida me dará experiências, não importam as minhas escolhas. Não ter um filho não é uma fuga da vida, pois a vida sempre me colocará em outras situações, e me mostrará coisas novas, e me levará até escuridões que eu preferiria ignorar e até toda sorte de tesouros de conhecimento que eu não posso compreender.

~

Quando eu era criança, e imaginava uma vida futura com filhos, eu sempre acabava pensando que um dia eu seria órfã. Parte de mim ansiava por esse momento, como se, no momento em que meus pais morressem, eu me transformaria em uma espécie de estrela no céu, linda e tão profundamente só. Mas se eu tivesse filhos, eu nunca seria essa coisa brilhante, envolta em escuridão, totalmente intocada.

Então será que eu sempre soube que um bebê jamais sairia do meio das minhas pernas? Acho que sabia desde jovem que isso não poderia acontecer, que jamais aconteceria. Meu corpo sempre viveu a ideia de ter um filho como se fosse absurda, uma abominação. Nunca achei que morreria deixando para trás um filho do meu corpo. Se houvesse me feito essa pergunta, pensando em meu leito de morte, eu já saberia a resposta. Eu deveria ter olhado para meu leito de morte, e não para a maternidade. Pois, por mais inconcebível que isso seja — um filho em meu útero —, um filho de luto pela minha morte é ainda mais inconcebível. Eu deveria ter visto as coisas de trás para a frente.

Na noite passada, deitado na cama, Miles me disse:

Ninguém olha para o casal gay sem filhos e pensa que falta alguma coisa na vida deles, que ela não tem profundidade ou conteúdo porque eles não tiveram filhos. Ninguém olha para um casal de homens que estão juntos há séculos, que se amam, são felizes em seus trabalhos, que escolheram não ter filhos, que provavelmente ainda trepam, e sente pena deles; ou pensa que, lá no fundo, eles devem saber que estão vivendo uma vida trivial e pueril porque não são pais. Ninguém pensa isso! Essa é uma ideia ridícula! Ou um casal de lésbicas, por exemplo, que poderia ter tido filhos se quisessem, mas escolheram não ter por alguma razão. Agora estão com cinquenta ou sessenta anos, um desses casais maravilhosos que você vê por aí, que têm uma tranquilidade, uma segurança, como se não precisassem pedir nenhum favor para ninguém. Quem olha para elas e pensa que elas devem alimentar um arrependimento infinito e um anseio em suas almas porque não tiveram filhos? Ninguém! Seria ultrajante dizer isso, além de ser uma burrice. As pessoas só têm essas sensações a respeito de casais hétero — como a vida deles deve ser vazia. Não, na verdade isso nem diz respeito ao homem — as pessoas olham para ele como se ele tivesse escapado de alguma coisa. É só a mulher — a mulher que não tem filhos é vista com a mesma aversão e a mesma censura que um homem adulto que não trabalha. Como se ela tivesse que pedir perdão. Como se ela não tivesse nada do que se orgulhar.

~

Percebi que, em meus momentos mais sombrios, acabei suspeitando que Miles não respeitasse as mulheres, mas agora acho que ele não exigir que eu seja mãe revela um respeito por mim, e por todas as mulheres, mais profundo do que o que eu mesma tenho — eternamente buscando dentro de mim o desejo de ser mãe, torcendo para encontrar essa parte de mim lá dentro, pensando que se eu procurasse por tempo o bastante, poderia finalmente tirá-la de seu esconderijo e finalmente seria *ela*.

Em meus momentos mais paranoicos e dolorosos, pensei que ele devia enxergar algo de muito errado em mim para não querer me usar para ter filhos. Por que não passou pela minha cabeça que ele me apreciava apenas por eu ser eu? Ele não estava pedindo para me usar para nada. Como pude interpretar isso como uma rejeição dele a mim, mulher? Ele queria ficar comigo só por *mim*, enquanto eu esperava que ele me apreciasse por eu ser um canal para que ele se propagasse através de mim. Minhas ideias estavam embaralhadas, não as dele. Ele me via como uma pessoa completa, pronta, e isso feriu meus sentimentos e me deixou desconfiada.

Tantas vezes me perguntei com raiva: *Por que você foi se apaixonar por esse homem — e ficar com ele até estar com mais de trinta — com quem é tão difícil fazer um filho?* Mas agora essa pergunta parece ser sua própria resposta: porque eu queria ficar com um homem que tornaria mais difícil eu ter meu próprio filho, porque, na verdade, eu não queria ter um — assim como algumas mulheres escolhem um parceiro pela razão oposta, por ser alguém com quem podem ter filhos.

Caminhando pelo bairro, a relva está crescendo sobre a calçada, mas teve seu começo sob o chão. Então talvez eu possa aceitar o fato de que, por muito tempo, eu também fiquei no subterrâneo. A árvore mais grossa um dia foi a mais fina. Na natureza, qual coisa muito forte não foi fraca no começo? Se até agora fui fraca, não quer dizer que jamais serei forte.

~

Sinto uma nova tontura e um novo encantamento por ter conseguido passar por meus anos férteis sem gerar um filho. Realmente, parece um milagre, como algo que eu sempre me dispus a conquistar, mas que não tinha fé que conquistaria. Eu não sabia se eu chegaria lá — mas agora estou aliviada.

Agora tudo pode acontecer. Sinto que atravessei a parte mais delicada do meu destino. E como sinto gratidão por Miles, pois sem ele eu talvez nunca tivesse chegado a esse ponto.

~

Nos primeiros dias de escrita deste livro, pensei que ele seria um truque: eu o escreveria e ele me diria se eu queria ter um filho. Você acha que está criando um artifício com a sua arte, mas a sua arte sempre termina te passando a perna. Ela fez com que eu escrevesse e escrevesse por anos — a resposta parecia algo a meu alcance, provocantemente próxima — a promessa da resposta logo ali na esquina, talvez no próximo dia de escrita. Esse dia, no entanto, nunca chegava. Mas a esperança de que seria assim me levou aos trinta e seis, trinta e sete, trinta e oito e trinta e nove — e, em alguns meses, terei quarenta.

Mesmo há poucos meses, eu sentia que precisava terminar este livro — tê-lo pronto até o fim deste ano; imaginava que o livro era a única coisa que eu precisava fazer antes de ter um bebê. Mas na noite passada eu imaginei *não* me apressar para terminar este livro; não me permitir apenas mais dois meses com ele, mas dez meses, ou um ano, ou dois anos, ou dez. E isso me pareceu um milhão de vezes mais estimulante do que terminá-lo a tempo de ter um bebê; um milhão de vezes mais amoroso e verdadeiro.

Pegando a faca que estava em frente ao espelho, eu a seguro em minhas mãos como minha mãe segurava um bisturi na foto dela na faculdade de medicina. Há um cadáver na mesa em frente a ela, que está em pé com outras três médicas. Elas parecem estar se divertindo tanto. Mal acredito que minha mãe está usando seu relógio e seu anel dourado e verde.

Pegando a faca para abrir tudo, o que descobri em minha autópsia do corpo que jaz na página? É a vidente que encontrei em Nova York: me pergunto se era verdade o que ela falou. Ela disse que meu nome de solteira seria lembrado, e meu nome de casada também.

Ela disse que Miles e eu teríamos duas meninas, e que ficaríamos juntos até eu morrer. Também disse que eu tinha células pré-cancerosas no meu útero. Mas foi a minha avó, Magda, que deu à luz duas filhas. Foi ela que ficou com seu marido até morrer, e ela que tinha células pré-cancerosas — e um dia cancerosas — em seu útero. E foi ela quem teve um nome de casada e um nome de solteira, enquanto eu tenho apenas esse meu nome.

Se o que a vidente falou é verdade — que três gerações de mulheres da minha família foram amaldiçoadas —, então a minha bisavó certamente foi mais amaldiçoada do que eu. Ela era pobre e vivia em uma casa com o assoalho sujo, e ela e o marido morreram de gripe ainda jovens, porque não podiam pagar por remédios, por tratamento, deixando três filhos no mundo. Foram os seus filhos órfãos que foram levados para Auschwitz, e um deles morreu no campo. De que forma eu fui amaldiçoada? Eu não fui. Sempre tive a sorte a meu lado, apesar de nunca ter realizado boas ações.

Porém, minha avó nunca escreveu um livro, então quando a vidente estava falando sobre um livro, ela deveria estar falando deste aqui. E realmente acho que ela estava falando sobre mim quando disse, a respeito de um homem, que: *A sua vida está segura nas mãos dele.*

Minha mãe me deu um segundo nome, Magdalen. Botou a mãe dela dentro de mim. Então talvez a vidente estivesse falando comigo, e com a Magdalen dentro de mim.

~

Acho que liguei minha tristeza comum e modesta a Miles para acessar uma tristeza maior, que não me pertencia. Acho que todas as vezes em que pensei que estava chateada por causa de Miles, estava deixando essa tristeza maior, mais vasta, para que eu pudesse me enfiar nela. Usei nossas brigas para chamar as lágrimas — eu precisava da dor para tocar a tristeza que me tomava tão inteira e completamente, para tentar curá-la.

Então lembrei o que a cartomante disse: *Existe algum jeito de dizer: Será que você poderia devolver essa bola de dor para o lugar dela, já que não é minha? Como realmente dizer: Estou devolvendo-a agora. E, por favor, se você puder, devolva-a da forma mais sadia e mais carinhosa possível. Mas não a quero, ela não é bem-vinda, e ela não está me ajudando.*

Acho que este livro é a forma mais sadia e mais carinhosa que posso conceber. Então eu deveria mandar este livro para o lugar onde minha avó está enterrada, além do oceano — entregá-lo para as minhocas e os insetos que vivem no solo da cova da minha avó? Mas por que eles merecem essa tristeza? Talvez eu apenas o espalhe, como cinzas, pelo mundo — como se publicar um livro fosse o mesmo que espalhar as cinzas de uma urna — no mar, em uma floresta, em uma cidade, em qualquer lugar.

~

Talvez eu leve este livro para a casa da minha mãe. Baterei na sua porta e irei até ela e direi: *Aqui está. Por escrito. A tristeza da sua mãe, a sua tristeza e a minha. Apesar de não ter todos os motivos. Eu não sei todos os motivos.*

Enquanto ela o lê, ficarei lá, imaginando: Você acha que nossas vidas justificam a sua mãe? Você acha que a ajudamos de alguma forma? Cumprimos nosso papel? Será que podemos dizer que a vida vale o que você achou que valeria? Será essa a primeira coisa que fizemos juntas? Você carregou os pesadelos, eu também os carreguei. Será que agora podemos deixá-los de lado? Será que, ao deixar este livro de lado, você deixará a sua tristeza de lado? Deixar de lado o que resta da sua missão, e finalmente descansar, satisfeita?

Talvez ela diga: *Não há problema em você não saber todos os motivos. Quando eu diagnostico um câncer, não preciso dizer quais os seus motivos. Só me perguntam se ele é maligno ou benigno.*

Então essas lágrimas, eu direi, *essa dor, essa tristeza, essa massa que parece um tumor. Na sua opinião, como profissional, ela é maligna ou benigna?*

Eu a observei com atenção — e na minha opinião, ela é benigna. Minha sugestão é não operar. Seria mais perigoso removê-la do que deixá-la aí dentro.

~

Eu estava em uma cidade pequena, fazendo uma leitura em um festival literário, a algumas horas de distância de casa. Terminei de escrever essas páginas e então, com um medo que eu não compreendia completamente mas que, ao mesmo tempo, eu compreendia bem, mandei-as para a minha mãe. Pedi que ela as lesse, por favor, e me dissesse se preferia que eu usasse o nome de solteira da mãe dela, Becker, ou o seu nome de casada, Waldner. Sem pensar mais nisso, enviei-as, e fui tomada por um prazer enorme.

~

Saí para explorar a região pela primeira vez desde que havia chegado. Deixei os cômodos da pequena casa em que estava hospedada e andei até a rua do Farol, onde uma falésia se debruçava sobre a baía, e tudo estava verde e molhado. Chovera o dia inteiro, mas agora a chuva havia parado. Depois de andar pela beirada da falésia, descobri alguns degraus de madeira que desciam — imaginei que levavam até a praia. Eu calçava tênis brancos, uma camisola branca e um moletom cinza — roupas um pouco leves demais para o clima. Desci cinco ou seis degraus antes que meu pé escorregasse e despenquei por toda a escadaria, aterrissando sem jeito enquanto a parte de trás das minhas canelas batiam e batiam contra os degraus de madeira escavados na colina. Rapidamente fiquei em pé, como um animal assustado, e manquei de volta para o topo da colina, caminhando depressa pelo campo gramado em direção à rua. Um casal idoso passou por mim. Eles estavam indo para a beirada da falésia para assistir ao pôr do sol, e apesar de serem quase nove da noite, só um leve rubor podia ser visto contra as nuvens que revestiam os limites do horizonte. A mulher viu os machucados em minhas pernas e disse: *Isso está com uma cara ruim — você deveria passar arnica*. Ficamos parados, os três, e assistimos ao final do pôr do sol. O homem disse: *Aqui, com vinte milhas de comprimento, e trinta quilômetros de largura, está a maior reserva de sal desse país — é uma mina de sal*. A mulher e eu não sabíamos disso. Depois que o casal partiu, fiquei no campo gramado e observei o céu escurecer. Tudo que eu queria era ficar lá a noite toda, dormir na grama, e acordar com o orvalho na manhã seguinte.

~

Quando a manhã chegou, sentei na cama da pequena casa em que estava hospedada e estendi minha mão para a cabeceira, onde estava meu telefone. Havia um e-mail da minha mãe, que havia chegado dez minutos antes, quando eu começava a despertar. Eu o trouxe para perto e li a mensagem dela.

Título: *É mágico!*

Minha mãe foi a pessoa que mais amei, foi a pessoa mais importante da minha vida, por muito tempo.

Quando fiquei grávida de você, nunca havia me ocorrido que eu teria um filho. Perdi a minha mãe. Tinha que ter uma filha para que o universo ficasse perfeito outra vez.

Você logo vai fazer quarenta anos e ela morreu há mais ou menos quarenta anos. Você nunca a conheceu, e você é quem a fará viver para sempre.

É mágico! E sim, o universo está perfeito outra vez.

Obrigada, meu bem. Eu te amo muito.

Então chamei este lugar de luta de Maternidade, pois aqui foi onde vi Deus face a face e ainda assim minha vida foi poupada.

Créditos das imagens

pp. 19, 76-8 e 295: cortesia da autora

p. 39: *The Cradle*, 1872, de Berthe Morisot

p. 73 (acima): *Jacob Wrestling with the Angel*, 1865, de Alexandre Louis Leloir; (abaixo): *Vision After the Sermon*, 1888, de Paul Gauguin

pp. 157, 159, 162 e 164: cartas de tarô de *Shadowscapes* © 2010 by Stephanie Law

p. 245: *Cocoon on the Pokok* © 2010 by Kerina Yin

pp. 269-70: *Dog on the train platform* © 2015 by Helen Scarr

1ª EDIÇÃO [2019] 1 reimpressão

ESTA OBRA FOI COMPOSTA EM ELECTRA PELO ACQUA ESTÚDIO E
IMPRESSA PELA GRÁFICA BARTIRA EM OFSETE SOBRE PAPEL PÓLEN SOFT
DA SUZANO S.A. PARA A EDITORA SCHWARCZ EM SETEMBRO DE 2019

A marca FSC® é a garantia de que a madeira utilizada na fabricação do papel deste livro provém de florestas que foram gerenciadas de maneira ambientalmente correta, socialmente justa e economicamente viável, além de outras fontes de origem controlada.